王双忠/编著

武道跆拳道

——时尚健身导航

福建科学技术出版社
FUJIAN SCIENCE & TECHNOLOGY PUBLISHING HOUSE

图书在版编目(CIP)数据

武道跆拳道/王双忠编著.—福州：福建科学技术出版社，2006.6
(时尚健身导航)
ISBN 7-5335-2793-3

Ⅰ. 武… Ⅱ. 王… Ⅲ. 跆拳道—图解
Ⅳ. G886.9-64

中国版本图书馆CIP数据核字（2006）第023004号

书　　名 **武道跆拳道**
时尚健身导航
编　　著 王双忠
摄　　影 方志坚
出版发行 福建科学技术出版社（福州市东水路76号，邮编350001）
网　　址 www.fjstp.com
经　　销 各地新华书店
排　　版 福州怡兰广告有限公司
印　　刷 人民日报福州印务中心
开　　本 850毫米×1168毫米　1/32
印　　张 9.25
字　　数 218千字
版　　次 2006年6月第1版
印　　次 2006年6月第1次印刷
印　　数 1-6000
书　　号 ISBN 7-5335-2793-3
定　　价 29.40元（赠VCD光盘一张）
书中如有印装质量问题，可直接向本社调换。

路拳道是奥运会比赛项目，同时也是风行全球的健身运动项目。世界上有WTF与ITF两个国际性跆拳道组织。WTF跆拳道注重竞技，强调实战、品势的训练；ITF跆拳道重在健身技击，有比较完善的内劲训练体系。

竞技跆拳道是在竞赛规则指导下进行专门训练的竞技体育运动。一些身体条件有局限的人在技术训练中，渐渐会感到练习竞技跆拳道的技术动作有困难、不适应。因此，许多人坚持不到五年就会中途放弃。

本人认为，跆拳道不应该仅仅是一种年轻人的时尚，而应该作为我国新兴的健身运动。本书参考中国传统武术内劲理论，启动一套完整的筋经、劲道、意念的内劲训练体系，使之可以发展成为终身体育，这就是武道跆拳道。

本书有以下几大特点：

1. 总结出跆拳道的形意理论，丰富了武道跆拳道中有关“意识”的锻炼理念。针对运动康复的需要，通过筛选跆拳道品势中缓慢、开合的动作，创编出适合养生的太极跆拳道，开出了减肥塑身、心理减压等跆拳道运动处方。

2. 研究出跆拳道桩功的沉坠力，从而可以改变竞技跆拳道手长期实战练习中在自卫时身体重心发飘的现象，有利于改善防身自卫时脚下无根的被动局面。

3. 创编出跆拳道小组合、小套路，把脚靶与护具的“靶位型”练习作为道馆训练中最重要、最主要的训练内容，也成为吸引学员继续学下去的重要手段。

“靶位型”的训练，能产生“气氛场”；完成流畅、连贯的动作，能产生成就感，体验愉悦和欣喜，抑制焦虑、郁闷、浮躁感，这正是跆拳道健身的核心魅力所在，也是中国竞技跆拳道成功地转型为道馆式大众健身跆拳道的重要标志。

4. 培养学员在追求健身、防身效果的过程中，不断完善自我人格，提高精神修养及对家庭与社会的责任感。

5. 比较透彻地介绍了筋经、内功、桩功、劲道、意念、象形等武术理论在武道跆拳道健身中的运用，解释了肌腱、韧带与内劲的关系，以及劲道的“超导现象”，运用筋经能无阻力地传导劲力，产生巨大威力和击杀力。

本人曾在韩国进修跆拳道，多年从事跆拳道、拳击、散打、传统武术的教学工作，在多次与歹徒搏斗中积累了许多实战经验。从运动员、教练员、裁判员到馆长、总裁，一步步成长起来，理论研究成果在教学中得到有效的实践，因此本书具有较强的实用价值。

本书适合金领白领健身族、青少年武道爱好者、道馆教练、馆长以及大学跆拳道社团学员阅读。

本书介绍的理论与训练方法，仅属一家之言，难免有不足之处，希望广大读者与专家学者批评指正。

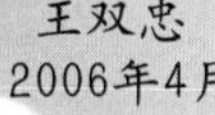

一 武道跆拳道基础知识

WuDao TaiQuanDao JiChu ZhiShi

（一）武道跆拳道特点与要领

武道跆拳道属于东方体育，讲究内外平衡、形神合一，充满哲学意味。跆拳道的品势（套路）中，有太极、金刚、一如，以及八卦符号的动作路线，有诸如鹰、牛、猫等动物的象形姿势，充满情趣与意蕴。

1.武道跆拳道的特点

武道跆拳道以内劲的修炼为基础，有机地整合人体的筋经、劲道与意念；以实战对抗为检验手段，借人体的肢体运动实现宇宙万物运动变化的总规律——对立统一，以达到修身养性的目的。武道跆拳道有基本动作、组合动作、品势（套路）和对练，对练又分为约束对练、一步对练、自由对练，以及短棍、单刀、武器对练，还有防身术、精神修炼等内容。

（1）武道跆拳道的意义：武道跆拳道在追求健身、防身效果的过程中，努力吸取技术精华，积极提高精神修养，不断完善人格培育,对提高家庭与社会责任感，具有显著的自我教育意义。

武道跆拳道运动量适中，以有氧运动为主，注重人体各脏器的平衡，对于维护人体相对稳定的生理功能，抵抗快节奏的生活方式、经济压力、生存竞争，以及身心与精神不适，均具有重要的意义。

（2）武道跆拳道的核心：武道跆拳道的核心内容就是内劲——筋经、劲道、意念的训练。内劲是指人体在参与实战格斗或健身训练时，结合意念，运用肌腱与韧带的弹性作用快速传递肌肉收缩所产生的力量。相对于内劲的是外劲，是指人体与外界相互作用而产生的各种力，比如移动时脚与地面产生的摩擦力、身体的沉坠力，以及与对手进行攻防技击时产生的作用力与反作用力等等。内劲训练的主要意义：

1）力的使用率最高。不去锻炼与实战技术无关的肌肉群，开辟力量传递的快车道，使肌肉之间产生新的协作关系，以达到个体对力的使用发挥到极致。

2）气血运行通畅。将意念集中在筋经（人体的经络）上进行训练时，动作放松、气血运行通畅，便于输送营养物质，利于滋养肌肉、骨髓、皮肤等组织。

3）能伸筋与拔骨。在意念指引下，进行上下肢体与躯干的合理屈伸、外展、内收与旋转，能充分锻炼人体各运动部位的大小肌群和筋络，同时，拔动了大小骨关节处肌腱、韧带、关节囊等结缔组织，即“拔骨”，拔开骨关节之间的缝隙，伸展骨关节周围的结缔组织，使一些平时难以得到锻炼却与实战技术密切相关的肌腱与韧带，得到有效的训练。

4）提高生命质量。运用筋经系统训练能延长人体的运动寿命，使武道跆拳道等中外武术成为终身体育，从而提高了生命质量。

（3）武道跆拳道爱好者习武特点：武道跆拳道爱好者通常利用业余时间练习，一周锻炼3次，每次练习1～2小时。他们的习武追求与最终归属有以下几种特点。

1）以成年、白领群体为主，他们对环境要求较高，希望训练场地明亮、干净，有武道馆的特色，独立的更衣箱、淋浴间，对训练纪律、文化品位等方面都有较高的要求。

2）许多成年习武者坚持不到五年就会因娶妻生子或相夫教子，而中途放弃，身体素质逐渐退化，失去了原本充满活力的体形，甚至迅速发胖。

3）仍有不少习武爱好者对武道的热爱一直坚持到晚年，永不言弃的武道精神已渗入他们的灵魂深处，他们依然有十分强健有力的筋骨。通过坚持不懈的锻炼，他们在整个人生过程中，始终保持动作敏捷，精力充沛，身心健康，极少看病。

4）坚持长期习武修炼的人，总有一种气质不凡的外形特质和处事不惊的内在英雄本色，他们都是工作上最能敬业的人，多能知难而进、智勇双全，在危急关头，往往会挺身而出。

2.武道跆拳道的武术健身原理

在我国，几乎所有的跆拳道馆都以竞技跆拳道作为主要训练内容。竞技跆拳道动作简单但难度高，训练方法十分成熟与规范。但是其运动寿命普遍是短暂的，如不降低训练难度与要求，尤其是降低训练高位踢法对身体平衡与腿部柔韧性的要求，就很难成为武道跆拳道习武者进行健身的运动项目。尤其是那些缺少良好的肌肉力量与身体柔韧性的健身爱好者几乎难以掌握跆拳道的高难技术要领。

在跆拳道健身过程中，只有掌握了“内外相合”、“形神兼备”这些武道基本原则，训练时才能遵循功力训练的递进程序，合理地运用人体肌肉群和体内各种力，人体才会感到舒服；只有流畅的发力动作才会使人产生愉悦感、成就感，才有自由的个性发挥,这些都与是否能正确掌握内劲有关。

内劲的训练为武道跆拳道启动了一套完整的筋经、劲道、意念的训练体系，从而使武道跆拳道能够成为伴随我们一生的终身体育。

（1）筋经：筋经是中国经络学的一个重要组成部分，经络在人体中呈基本纵向束状或带状分布，从指、趾末端起，沿人体肢体纵轴方向分布，终止于胸腹及头面，使全身的筋经互相联结而形成一种“通道”结构系统，人体中与内劲筋经关系密切的还有韧带、肌腱。

1）韧带施力不损耗能量：生物学家对马或牛颈背韧带进行的研究中发现，其主要成分几乎都是目前已知的最好弹性生物材料——弹性蛋白。马依靠颈背韧带的弹性能抬起沉重的头而不损耗能量。如果马完全依靠肌肉将头抬起头来，则维持肌肉的张力就需要消耗能量。

2）胶原蛋白纤维传递张力：在人体肌腱和韧带中，胶原蛋白纤维平行排列，主要功能是传递张力。拉伸练习能引起肌腱长度的暂时增加，提高肌腱的柔韧性，从而提高肌肉的工作成绩，有效地降低运动损伤的发生概率与受损程度。

3）一身备五弓的理论："一身备五弓"指的是人体结构与"弓"相似，可形成弧形，产生绷劲的五个部位分别是：脊柱一张弓，两上肢两张弓，两下肢两张弓。用科学的方法来训练这五张弓的连贯性，可使周身元气融为一个整体，腰部(总弓)一动可牵动其他四张弓，从而调动全身气机，产生内劲浑圆力。

用脊椎和四肢骨骼组成的五把"弓形支架"，可以充满弹性地撑起全身各条筋经，在整体发劲时，能产生一种如同箭离弦的高频震动波，以震荡形式传递应力波。

4）肌肉过分发达不利于技击格斗：人体肌肉的协作关系十分复杂，在不同的情况下经常变化。我们在完成跆拳道或者武术的技术动作时，要明确哪些肌肉属于原动肌、协同肌、对抗肌和固定肌，这才利于理解动作、掌握动作，以及采取各种手段来发展相关肌肉的力量。健美运动员具有硕大无比的肌肉群，但却未必具备技击格斗所需要的力量。因此练习与技术无关，却过分发达的肌肉反而会降低速度力量。武术中有"宁长筋一分，不长肉一寸"的说法是有其科学道理的。

（2）劲道：人体中呈经络状分布的筋经属于劲力的通路。人体肌肉收缩产生的力顺筋而行，力通过筋作用于骨骼，不同部位的筋力通过骨骼进行整合，作用于关节，从而产生协调而有目的的肢体运动。如果筋的张力大、紧张度高，应力波的传导就会快而远；如果筋比较松弛、紧张度低，应力波的传导就会慢而近。

1）身体姿势是否合理，直接关系到发力是否顺畅。习武者平时需要努力掌握规范的技术要领。因为应力在关节部位的传输是否顺畅，与关节的角度是否合理有关。如果关节的角度适合，筋经的应力就可顺畅地绕着关节外沿传导。否则，会出现应力在关节转折处过度集中，而造成“应力性损伤”，拉伤关节处的韧带。

在中国传统武术中，都有十分系统的撑筋拔骨锻炼法，表面上看是柔韧性训练动作，其实具有极其深刻的内涵。所谓的撑劲，就是向四面八方外撑的劲。拳论中说：“蓄劲如张弓，发劲如放箭”。太极拳处处不离绷劲，八极拳则有专门的撑锤、撑掌动作，就是这个道理。

2）练习科学的撑筋拔骨功法，能活血养气，加强相关部位的血液循环和新陈代谢，起到有病治病，无病防病的作用。再结合站桩或合理的套路训练，可以使身体“紧起来”、“整起来”、“合起来”，使肌肉中的肌纤维排列结构与长度发生改变，有利于提高目标肌肉群（即需要训练的肌肉）的收缩力与协调性，不断提高身体在防身格斗中所需要的力量。

3）“劲道”是“劲力的超导现象”。“劲”与“力”是有区别的，“劲”是“力”的提纯与升华,是“力”的更高级形式。超导是在某种特定条件下，突然失去电阻的导电状态，在武道中，是指“意到力至，意与力合”。在防身格斗中，爆发力是击倒、击伤、击昏甚至击残、击毙敌手的最重要条件。人体原始的本能力经过训练以后，可逐渐形成适合格斗需要的、在韧带与肌腱中快速传导的劲力，即“有自己特有通道的爆发力”。

4）劲力的三要素是指力的大小、方向、作用点，此外还应全面考虑力的作用时间、力的变化速度、力的合成或分解等因素，才能巧妙地运用各种劲力。不同的拳种，有着不同的劲道训练体系与劲道的体现形式。

5）劲力具体的说还可分为听劲与运劲、直劲与螺旋劲、借劲与化劲、长劲与短劲、掷放劲与惊弹劲等，其作用力与劲道分布亦不同。

①听劲与运劲：听劲不是用耳朵去听，而是用皮肤去感觉对方的劲路。听劲时肌肉放松，注意力集中，才能使其感觉灵敏。运劲是指发力前神经和肌肉的准备状态，通常表现为神经系统产生兴奋，肌肉与肌腱拉长等等。

②直劲与螺旋劲：朝一个方向的直线发力称为直劲。具有很好的定向、顶钻能力，既有直劲，又有变化轨迹形成圆滚合力的就是螺旋劲。圆与轴的力学关系在各种劲道中极其重要，几乎所有的劲道都与“圆”和“轴”的关系密切。

③借劲与化劲：借劲与化劲属于力的合成或速度的合成问题。对手与我方的二力方向相反(夹角180°)为抗劲；二力方向成钝角(夹角90°～180°)为挤劲；二力方向成直角(夹角90°)为截劲；二力方向成锐角(夹角0°～90°)为化劲；二力方向相同(夹角0°)为顺劲。顺劲、化劲统称为借劲，顺劲最省力，化劲其次，截劲再次，挤劲较费力，而抗劲最费力。这些劲在实战中都会用到。

④长劲与短劲：长劲是指与击打目标对阵时间较长，渗透十分充分的劲；短劲是指对阵时间极短，使劲力瞬间渗透入击打目标。比如，使用一个横踢或直拳技术，在临场运用时根据自己与对手距离的瞬间微小变化，可运用长劲与短劲，以产生最佳的击打效果。

⑤掷放劲与惊弹劲：掷放劲是把对手打出，扔到较远地方的劲。掷放的力量越大，力的作用时间越长，发掷的效果就越好。对方的抵抗力越大，体重越重，也就越难被掷放出去。在民间比武中，掷放劲往往能体现出武术功力，武术家常运用掷放劲把对手打掷出2米开外以分胜负，符合倒地为输的“君子跤”传统。掷放劲也能伤人，将对手以极快的速度摔向坚硬的地面，常会引起其手腕、脚踝、尾椎骨、颈椎骨等部位脱臼或骨折。

惊弹劲是人体在对付外界侵犯时产生的一种本能抗拒力，在进行防守的同时立即自动地做出反应，将对手的劲力改变方向或者直接攻击对方身体。比如，对付对手攻击自己头部侧面的摆拳，有经过内劲训练的拳手，就会自动使用惊弹劲，用前臂内交叉动作格挡对手前臂，使对手的前臂发生偏离，露出正面空当，牵动对手身体重心，从而创造进攻机会。这种以内劲震荡进行格挡的方法与西方拳击有着明显的不同，通过牵动或打击对手某一点而动其全身重心的技术属于高境界的技术。

6）肌肉力与筋骨力必须同步训练：许多人可能以为只要掌握了各种劲，掌握了筋骨力，就不再需要提高肌肉力量，而降低肌肉力量的训练，这种理解是片面的。肌肉爆发力是力量的原动力，而筋经属于有弹性的应力，通过阻力极小的劲道，使肌肉产生的力量达到最高效的利用，以最快的速度传递出去，渗透到对手身体。因此，在刻苦训练内劲的同时也要提高肌肉力量的训练，尽可能发展与技术动作相关肌肉的爆发力，这也是拳手实力的重要体现。

（3）意念：意念指的是人的情绪、注意力、想象力、意志力等心理活动。意念属于运动心理学范畴，与技击有关的意念主要有放松、自然、呼吸、中心线、重心、缩放、与对手的互动等方面，概括起来就是“内意”与“外意”。

1）放松与互动：“用意不用力”的意念要求，强调在完成攻防动作时，要守住自己的中心线，用意念暗示自己保持重心、肌肉放松，反复训练以爆发性的弹力动作出击，直至形成条件反射。如果将意念注意力放在肌肉上，往往会使动作僵硬，这也是所有初学者的通病。

初学武术者的心态普遍比较急躁，往往凭借蛮力去取胜，而武术前辈则用筋经与桩功来面对对手，将注意力集中到自然、放松、攻防意识上，忘掉各种复杂的形式，锻炼出筋经的浑圆力。这样的训练效果看似缓慢，其实是在直接训练劲道的本质，进步反而更快。

2）缩放与互动：在出拳前都要有蓄势动作，用意念把人体所有骨关节间的缝隙和关节周围的筋有意缩小、缩短，在突然发力时，用意念瞬间张开骨关节间的缝隙以带动全身筋经，产生巨大的杀伤力。这个“缩”不是动作外形的缩小，把身体缩成一团，而是在掌握技术要领的前提下用意念收缩全身的筋骨。一旦发力，充满弹性的筋经就像拉弓射箭一样，把力射出去，这就是劲道中对应于“缩”劲的“放”劲。这种放劲具有相应的震动力，以波动与震荡的方式传递并撞击向对手，可以在瞬间把对手击出数米之远，如果击中对手要害，会十分危险。

3）假设与互动：在技击中无数次地重复各种单个或组合攻防动作，运用各种劲道时，还要在意识上考虑与对手的互动因素，兼顾距离远近，以及角度变化与时间差的把握、节奏的变化等各种假设困难，即使自己保持静止，也要带着防守打进攻的意识，积极采取各种方法调动对手，抓住现场主动权。

4）用意念暗示：按拳手在技击现场的表现，通常可分成兴奋型、安定型、中间型三种气质。兴奋型拳手往往以主动进攻为主，容易冲动；安定型拳手往往以防守反击为主，自信不足；中间型拳手会根据需要进行主动进攻或者防守反击，属于理智型拳手，是竞技的理想气质。兴奋型与安定型拳手通过训练，达到“中和”，在气质上转到中间型，这点在武道跆拳道的技击自卫中十分重要，需要自己进行积极的心理暗示。任何一种劲道与任何一次进攻或者反击的机会，如果没有意念的准确暗示引导都无法产生威力。

5）气压与液压训练：武道跆拳道的意念训练，要求人体在虚灵顶劲、含胸拔背、沉肩坠肘的姿势下进行。

虚灵顶劲是下颚内收，头顶好像有一细绳提拉着，能提起精神，使头部增加抗击打能力，符合实战的需要。如果下颚微向前，头部在遭受重击时就会使力量传递到颈椎，促使头发生拧转，而受创。含胸拔背是为了“空胸实腹”，使双手、肩部、胸部的肌肉群松弛下来，便于双手的运动。沉肩坠肘时，沉肩而不耸肩，坠肘则加强了自己软肋部的防守，使软肋部稍微内收，肋间肌微微紧张，在哼哈发声发力时能合理分配胸腔与腹腔内的气压，增加爆发力。（图1–1–1）

图1–1–1

当做到含胸拔背、沉肩坠肘时，自然就会气沉丹田（肚脐眼以下一寸半的小腹部位，也是身体的重心部位），使身体重心略微下降，在不改变身体外在姿势与高度的前提下增加了稳度，使腿的蹬地力能更充分地发挥，加大了人体内部蓄势所产生的势能。同时，由于空胸实腹、气沉丹田，增加了呼吸时的进气量，在发力前比对手吸入更多的氧气，发力时鼻孔突然喷气、腹肌紧张，腹腔内部的气压使腹腔前后壁在发力瞬间形成一个刚性支撑，即所谓 “丹田鼓荡”，能极大地提高爆发力。

当人体突然朝一个方向急速运动时，体液便形成一种液压，在突然制动中传递到人体筋经，增加了筋经的震荡力。通过站桩中的呼吸与意念训练，使上半身与下半身协调起来，在极细微的筋经与骨关节缝隙之间产生整合作用。在全身放松、虚灵顶劲、含胸拔背、沉肩坠肘、气沉丹田状态下发力，配合短促地发声、呼气，可以最大化地利用身体内部的气压与液压，使双腿的蹬力与腰的旋转力得到充分运用，速度与力量达到最理想程度，整个身体的各条筋都像弓箭的弦一样同时震动，形成全身前后左右上下六面遍布的整体劲。

6）发声与呼吸：竞技跆拳道的发声是“啊刹——”，带有夸张色彩的长音，而健身跆拳道发声低沉，是运用丹田气来发声。

丹田气是怎么来的？人体在发力时伴随的发声，可引起丹田鼓荡和内脏震动。丹田气带动全身发力，也称从里往外 “胀”，即瞬间爆炸的感觉，能够进行鼓荡运动。在形意拳里这种发声叫虎豹雷音，是指动物搏斗时身体内部发出的沉闷声音，能有效提高杀伤力。在技击格斗中，要发低沉的“哼——”或“咦——”这样的声音。丹田发力打拳就像充满气的汽车轮胎，在发力的时末梢关节（接触对手的部位）突然一紧，全身绷起来猛地一震的状态。 发声呼吸的作用主要有以下几个方面：

①能刺激与提高大脑皮层的兴奋度，使大脑运动中枢兴奋，肌体迅速进入兴奋状态。

②增加击打力量，充分发挥肌肉的潜力。日本学者曾做过这样的实验，发现在肌肉用力前以声音刺激，肌肉力量可多发挥出12%。

③调整呼吸。在对背力测定研究中发现，憋气时背力最大，为133公斤,呼气时为129公斤,而在吸气时力量最小,为127公斤。虽然憋气可提高技击的力量，但用力憋气会引起胸廓内压提高，使肺的血液循环受阻，而导致脑贫血。

武道跆拳道的格斗技术往往用于自卫，交手时间比较短暂，几招就结束战斗，故有时需要瞬间憋气发力，然后立即有意识地放松，进行深长呼吸，以最快速度调整好身体状态。这种呼吸方法属于上乘抗击打功夫的“行气法”，俗称“金钟铁布罩”。

④集中注意力，凝神壮胆，干扰威吓对方。

7）象形取意，意动形随：形与意是一切武术训练中的关键，外在的动作姿势与内在的意念是一个整体。武术中有不少模仿各种动物与自然现象的象形姿势，有模仿虎、蛇、熊、猴、鹤等动物姿势；有模仿风、雨、雷、电等形象的，比如刮地风、双拳密如雨、雷声（吼叫）、闪电手、风雷绞炮劈挂手等。武道跆拳道也有自己的象形动作：

①竞技跆拳道有十大象形：蝶、猫、狗、兔、鹰、螳螂、鹞、鸡、虎、狼。在竞技实战的对峙状态，双方会出现蝴蝶振翅般的高频率、小幅度步法；斗鸡时的鸡头相随形态，还有猫窜、狗闪、兔滚、鹰翻（进攻像猫一样迅捷、脚步轻盈；后退的侧闪像狗被打时跳开却离你不远不近，保持正好可随时咬你一口的距离；身

法变化像兔子打滚般迅捷，飞鹰翻转那样灵敏），以及动如脱兔，静如处子（起动犹如兔子逃脱般的速度，防守类似姑娘般端庄、文静，不慌不忙）等象形动作。

跆拳道实战时的下劈如螳螂挥斧般凶狠；横踢好比鹞子迅速侧身穿林一样见隙就入；推踢如同鸡蹬踩；后踢动作凶猛赛过虎尾扫击；气合喊叫如同狼嚎一样慑人心魄。象形的目的是取意，绝不是杂耍逗乐，而是吸收各种动物中最厉害的长处，道法自然。

②跆拳道品势中也有十大象形：虎、熊、鹰、蛇、马、牛、鸡、鹤、鹞、狮。

在跆拳道品势中，有黄牛挡、展翅式、山形架、熊掌、手刀与脚刀等动作名称，在演练这些动作时模仿动物的长处，是为了激发自身潜力。

③跆拳道品势与国术套路“形与神”的比较：跆拳道品势中，一些动作的外形与传统武术十分相似，但是内涵却不一样。

WTF跆拳道太极七章最后一个动作“马步冲拳式”（图1-1-2），左手的位置在腰间，而国术八极拳中类似的“马步撑锤”（图1-1-3）动作，整个左手臂呈一圆形后拉，右拳撑劲前击，头往上顶，尾椎骨下坠产生沉坠力，形成十字劲，同时脚下闯、碾、跺，能产生可怕的整体撞击力。马步冲拳式是一种练功方法，用以训练肌肉挣裹、撑筋拔骨、丹田鼓荡、传导内劲。

图1-1-2　　图1-1-3

ITF跆拳道特尔（套路）采用十字劲发力的方式，主要锻炼以丹田部位带动全身发劲的能力，提高其他格斗动作所涉及的肌肉群、肌腱与韧带的协调性与力量，配合"嗞——"的呼气、双手的开合、双膝上下起伏的动作，再出拳，属于运用筋经、劲道、呼吸、意念的武道训练方法，与国术的内劲训练原理异曲同工。ITF跆拳道的特尔(套路)也是由一个一个动桩组成，通过不同动作来体验各种劲力，以锻炼整体浑圆力与丹田气所带动的内劲发力方法。(图1–1–4)

图1–1–4

经典的国术套路，都可看成是由一个一个动桩组成的，杨式太极拳可以理解成慢动桩；八极拳小架套路可以理解为快慢相间的动桩，俗称"蹲小架"，从侧面说明了形成传统武术动力定型的过程是慢中求胜，如果不经过慢、静的过程，就不能达到快、动的效果。

3.武道跆拳道训练要领与效果

（1）跆拳道"型"的训练：型就是小组合、小套路，把各种步法结合踢法、攻防战术组合成不同的技战术类型，进行编号，有针对性地反复训练。

在道馆训练中，如果不进行各种组合踢法"型"的训练，就难以产生训练气氛，激发学员兴奋度，保证运动量。当代跆拳道馆内，灵活流畅的组合踢法已逐渐取代了泯灭个性、成套造型亮相的品势时代。各地道馆也普遍进入以组合踢法为主的"型"时代，这是竞技体育成为大众健身运动的一个成功例子。

（2）武道跆拳道功力训练：武道跆拳道通过空击、击靶、抖大杆(长约2.5米白蜡杆)、抖皮条、靠撞木桩或人体相互靠撞、实战对抗等等训练手段，可形成比赛中需要的竞技能力和实战格斗时的功力。

武道跆拳道的功力递进有着一定的内在规律，通常有五层递进顺序：

1）第一层：锻炼人体的本能原始力。训练时，力求把本能的原始力全部使出，要力透八方极远，性格表现要有攻击欲、有疯魔劲、有野性，不断提高自身实力。该阶段的训练相当于武术的明劲。

2）第二层：力量由刚转柔，动作由粗糙到巧妙。巧妙的前提是必须具有足够的实力，没有足够的实力是无法实现四两拨千斤的。该阶段训练开始运用意识，相当于武术的暗劲。

3）第三层：研究瞬间发力。在前两层功夫基础上，研究瞬间发力的变化，动作幅度越来越小，用力越来越巧妙。该阶段训练相当于武术的化劲。

4）第四层：研究养生之道。注重筋经、劲道、意念与呼吸的锻炼，真正体悟到练功夫是以健身与防身为目的的道理，已超越了争夺胜负的虚荣心。

5）第五层：提高武德修养。通过劳其筋骨，充分领悟到习武之不易，做到尊师重教，重视礼仪，不断提高武德修养，修身养性，逐渐参悟武道的目的与本质。

（3）武道跆拳道训练要领

1）透彻地学习发力原理。

2）搞清每个动作的攻防含义与练习方法。

3）每个动作都要配合眼、手、脚和呼吸。

4）用合适的击打方法进攻对手的不同部位。

5）熟悉每次攻防的正确角度与距离。

6）在移动中手臂和腿部都要保持一定的弯曲度。

7）多数动作是欲前必先往后，对拉拔长，突然制动，仅有少数例外。

8）在移动时膝部要有起伏。

（4）应对训练中酸、麻、痛、抽筋现象：参加跆拳道锻炼的人身体各部位肌肉常有酸、痛、麻的感觉，这是决定运动负荷的“信号灯”，要遵循“酸加、痛减、麻不练”的原则来增减运动量。

1）酸：初参加跆拳道训练的人，腰腿等部位感到酸胀属于正常现象。这种酸感对人体无害，可继续训练，过几天就会自行缓解消失。另一种酸感是由于肌肉和韧带被拉长到一定程度，刺激肌肉中的神经末梢，传到大脑皮层而引起的。经过一段时间的训练，肌肉、韧带的伸展性和弹性有了提高，逐步适应了运动牵拉刺激，酸感就会随之消失。

2）麻：由于练得过急过猛，以至拉伤肌腱，使局部出现烧灼感，即感觉到“麻”。此时应暂停锻炼，进行轻微活动，待麻感消失后再继续锻炼，以免发生伤害事故。

3）痛：平时缺乏锻炼的人由于一下子运动量太大，使肌肉过于疲劳而损伤，或使骨膜表面受到轻度损伤，产生轻微炎症而产生痛感。疼痛轻的可继续练习，但要降低运动量，以不加重疼痛为宜。

有的疼痛是由于不慎扭伤而造成的。在受伤头一二天应对伤处进行冷敷，结合轻微推拿，一般数日后疼痛即会消失。损伤严重者应暂停锻炼，到医院作检查治疗。

4）抽筋：肌肉突遇寒冷刺激、精神过度紧张、身体过度劳累都可引起肌肉过度收缩，而出现肌肉痉挛或抽筋现象。经现场按摩恢复后即可继续训练，并要重视训练前的热身准备。

（5）习练跆拳道效果

1）产生成就感：学员完成流畅、连贯的动作时能体验欣喜的快感，抑制焦虑、郁闷、浮躁感，产生成就感。这种成就感是跆拳道馆吸引学员继续学下去的最重要手段。

2）出现运动成瘾性：经过节奏感与韵律感相结合的组合动作

训练，会使人体产生兴奋度，出现心理感觉良好的记忆。这种记忆储存在大脑中，一旦再次承受精神压力需要宣泄时，就会去寻找这种能产生快感的兴奋点，这就是运动的成瘾性。

3）锻炼协调性：组合踢法的练习能牵动全身更多部位的肌肉，得到更充分的锻炼，使身体能完成复杂的连续动作，提高了身体的协调性。

4）形成“气氛场”：学员们练习便于衔接、有美感的组合踢法，即“靶位型”，会形成富有感染力的喊叫声、踢靶声，以及持靶者表情与语言交流声、其他学员的注意力、自我感觉满意度等复杂情景，形成一个“气氛场”，使跆拳道训练成为内涵丰富的体验，激励学员继续学习的信心。

道馆“气氛场”还与人数有关,150平方米的道馆应该有40个左右学员，才会有热烈的感觉。这种无形的、一进门就能感受到的氛围是道馆生命力之所在。

5）不越礼仪的交流：固定对打“型”的训练考虑到了人性的因素，在固定动作对打训练中，陌生异性之间手腕、身体的局部接触，使男女学员在正当的皮肤触摸、专注眼神的交流中得到心理满足，这种不逾越礼仪的近距离正当交流甚至是珍贵的。

6）反应快速敏捷：实战中瞬息万变的局面，很难有时间让你慢慢分析后再做出决定，需要有下意识的、凭直觉就有立即判断的能力。这种大脑快速反应快车道，只有通过“型”的训练才能形成。

4.武道跆拳道的健身与防身作用

（1）跆拳道健身作用：跆拳道是“正人之道”，这个“正”字是由“上、下、止”三个字组成，意思是既不太上，又不太下，也不停止，而要处于一种均衡、中庸的状态，故参加武道跆拳道健身时运动量要适中、适度。

1）减肥塑身：参加武道跆拳道健身运动，有“男可练出块，女可练出腿”的说法，即男人可以练出匀称的腹肌，女人可以练出性感的腿部与臀部线条。在参加道馆专项训练，如踢腿、踢靶、脚步移动、实战等过程中，消耗能量比较大，结合一些压腿与品势动作，可达到减肥塑身的效果。

2）运动康复：经常加班的白领，往往有亚健康现象。长期久坐不动的人士大多有心脑血管疾病隐患、消化系统功能紊乱，或颈椎僵硬。通过参加“内外兼修”的武道跆拳道健身运动，内练气，外练力，伸展肌肉，活动关节，使其粘连挛缩的软组织得以松弛，可达到舒筋活络、增强体质、运动康复的功效。

3）预防精神与心理疾病：焦虑、恐惧、消极的情绪，紧张的压力或精神创伤等已成为人类健康的杀手。失眠也困扰着不少人。失眠导致生活质量明显降低，已成为继头痛之后神经科门诊的第二大疾病。适量的拳脚运动能够促进大脑分泌出抑制兴奋的物质，促进深度睡眠，迅速缓解疲劳，并进入一个良性循环。

（2）跆拳道防身作用：武道跆拳道的防身术不力求运用高位踢法攻击对手，徒手搏斗时需要以踢打摔拿技术协同作战，有时还要拿起就便武器自卫。随着全球反恐时代的到来，还要求结合掌握反恐与应付公共安全突发事件的能力进行防身。

1）好腿不过膝：武道跆拳道与武术一样，在防身术中采用不高于腹部的腿法比较隐蔽，往往容易得手。即使柔韧性差的人也不必担心自己的腿部韧带不佳而学不会跆拳道的防身术。

2）摆脱与制服能力：在训练了双人格斗、分组格斗、车轮战、巷战（在一段地区内布下几件障碍物，障碍物之间躲藏着几名随时冲出的对手，你经过这段地区，要和不时跳出的不同对手进行格斗）后，便能熟练掌握“摆脱”技术，在此基础上还要训练各种“制服”招数，可尽快使歹徒致伤甚至致残，比如用反关节动作制服对手，结束格斗。

3）提高应对突发公共安全事件的能力：武道跆拳道的防身术中，并非总是以拳脚进行自卫，还应多掌握与安全有关的知识，才能有效避免或减少冲突，远离各种危险。

5.武道跆拳道的装备

为了保障跆拳道训练的安全性与归属感，武道跆拳道需要配置以下装备。

（1）个人装备

1）白色道服、道裤、色带、道鞋。（图1-1-5）

2）训练包。

3）护脚背。

（2）道服的穿法与叠法

1）选择合身的道服、道裤：穿合身的道服、道裤，拉住缝于一侧的皮筋从腹前经过，扣于另一侧的纽扣上，使道服的前片平整的包住后片。

2）扎好长度适合、符合自己技术等级的腰带:选择长度适合、符合自己技术等级的腰带，打好结，使腰带优美地下垂。注意勿使腰带两端长短不一，这是不恭敬的表现。

3）叠放与悬挂：不穿道服时应整齐地叠成长方形。为便于携带，可把腰带两端对齐重叠，两头向腰带中点20厘米处折叠一次，形成一个两层的圈，把叠成方块形道服卷成柱状，放于该圈处，将腰带中点处重叠的一端从圈内穿过，拉紧，可以优雅地背在肩上，也可以挂到墙上。（图1-1-6）

（3）道馆提供的装备：道馆会铺设好垫子，提供脚靶、沙袋、实战用的全套护具、表演用的木板、瓦片、砖块等器具。

1）护具：学员在训练、实战或比赛时，必须穿护具。护具包括头盔、护甲（护胸）、护裆、护前臂、护脚胫。护裆、护前臂、护脚胫戴在道服内，女学员必须穿戴女用护裆、女用护胸，同样也须穿在道服内。（图1-1-7）

戴头盔勿遮住眼眶，勿过紧、过松。护臂应戴于前臂外侧，这一部位经常用于格挡。护脚胫应戴在迎面骨上。护裆应佩戴端正，不歪不斜。

2）专用脚靶、沙袋、垫子：跆拳道训练中，脚靶是必不可少的训练器材，其外形酷似鸡腿，有单瓣、双瓣两种。（图1–1–8）

跆拳道的沙袋一般重40～50千克，比拳击、散打的训练沙袋略小，面料有帆布、仿皮、真皮等几种。还有水沙袋、不倒翁沙袋、充气沙袋、人形沙袋等等。

跆拳道防身术必须在专用垫上进行训练，许多摔打动作没有柔软而又不妨碍脚步移动的垫子是无法训练的。

3）其他装备：道馆还要准备如拳击手套、沙袋手套、手靶、长方形或圆形脚靶、橡胶棍、橡胶匕首、橡胶菜刀、假手枪、假人、杠铃、哑铃、皮条、沙绑腿、足球、篮球、梨球、实心球等辅助训练器材。

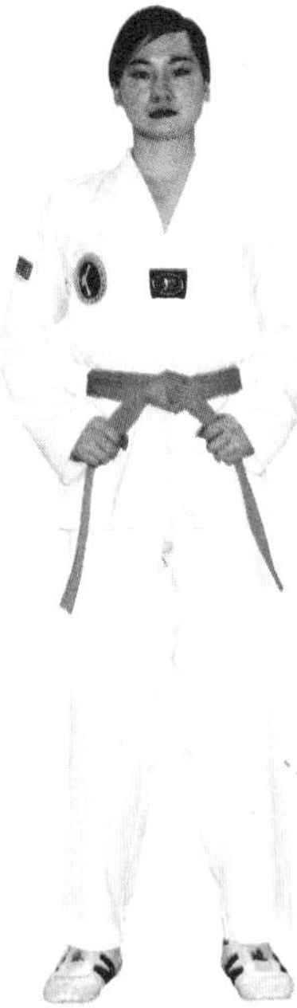

图1–1–6

图1–1–7

图1–1–5

图1–1–8

（二）武道跆拳道精神与礼仪

1.六西格玛与武道跆拳道

在全球化经济背景下，一种全新的管理模式——六西格玛，被视为企业管理的利剑。

西格玛(Sigma)是希腊文的一个字母，用来表示标准偏差值。在商业用语中，它用来度量任何使工作尽善尽美的工作方法及流程的性能。西格玛值越高，工作方法及流程的缺陷就越少。使用六西格玛管理的公司，努力的最终目标就是达到“六西格玛”，它代表最高境界的、完美的水平。

六西格玛标准的目标，是要在每100万次机会中仅仅犯3.4次错误，即每次要达到99.99966%的正确率！六西格玛已经在越来越多的著名公司得以推行，它代表着一种追求至善的人生哲学。

黑带（Black Belt）在六西格玛项目中是成功推进项目的技术骨干，是六西格玛组织的核心力量。黑带必须全面掌握六西格玛的理念和操作方法，熟练运用各种工具与技术，同时还应具备组织协调能力和沟通技巧，为六西格玛改进项目提供支持和指导。

六西格玛项目中的这些黑带代表着他们经过严格的磨炼，具有训练有素的技术与纪律。

六西格玛项目的黑带意味着一种境界，这种把追求技术质量提升到艺术般完美的企业文化，也影响到武道跆拳道的参与者，在训练中自始至终保持精益求精的态度，态度决定一切。

2.黑带的新概念

（1）技术的标志：黑带是技术成熟的标志。黑带意味着武道修炼达到的一种高境界，佩带黑带的人必须是虚心好学、精益求精的好榜样，他们具有鉴赏格斗技艺好坏的眼光，能够有效地进行自我训练，积极推广自己的技术，与武道爱好者共同分享知识。黑带超越了门派与拳种的纷争，在内心深处有对“武道精神”的客观评估。

（2）模范带头作用：佩带黑带的人，是个守法的公民，爱国爱家，懂得与人和睦相处；在公众场合仪表端庄、穿戴整洁、乐于助人。在需要提供帮助的紧要关头，能挺身而出、见义勇为。黑带意味着拥有胸怀武林志士的良知，义无反顾承担责任的勇气。

（3）高素质：黑带能克制鲁莽冲动。佩带黑带的人通过多年的磨炼，胸襟豁达，能忍耐与克制，知耻明羞，会经常反省自己的行为，自觉杜绝自身的陋习；在训练中爱护对手，在比赛中尊重与服从裁判。

（4）充满斗争精神：佩带黑带的人有不断开拓创新，永不言败，永无止境的实践精神。在被动局面中能凭借自己的才智、勇气及强大的精神力量化解危机。牢记训练的宗旨在于“文明其精神，野蛮其体魄”，炼就强健的体魄，提高生存质量，争取人生与事业的成功，而不是一介只会踢几个飞腿的武夫。

（5）跆拳道色带分级：跆拳道色带分为白带、白带间黄条、黄带、黄带间绿条、绿带、绿带间蓝条、蓝带、蓝带间红条、红带、红带间黑条、黑带，黑带又分一至九段。每一级都有其技术训练项目。(表1-2-1)

跆拳道的晋级考试渗透着“礼”的文化核心，跆拳道通过不同的色带对应难易程度不同的武艺技术，把远期目标分成若干个短期目标，大家一步一个脚印地向黑带迈进，追求各方面的卓越。

表1-2-1　跆拳道晋级技术训练项目

白带→黄带	黄带→绿带	绿带→蓝带	蓝带→红带	红带→黑带
前踢 横踢 下劈 前跳步+横踢 上步+横踢 后滑步+横踢 跳换步+横踢 左横踢+右横踢 推踢 直拳 太极1～2章 防身术2招	侧踢 后踢 假动作+横踢(3种) 上步+横踢 横踢跳反击 横踢+后踢 双飞踢 腾空后踢 前跳步下劈 太极3～4章 防身术2招	摆踢 旋风踢 后旋踢 双飞+后踢 横踢+横踢+横踢 三飞踢 横踢+旋风踢+旋风踢+ 后旋踢 双飞+横踢+后踢+横踢+1种特技 4种自由组合踢法 太极5～6章 防身术2招	腾空后旋踢 腾空转身下劈 左右旋风踢 横踢+后旋踢 前横踢+双飞+后横踢+旋风踢+后旋踢 太极7～8章 防身术2招 2种特技 5种自由组合踢法	连续6次双飞 连续5次后旋踢 连续10次旋风踢 5种自由组合踢法 主要裁判用语与手势 高丽 防身术2招 2种特技

说明：色带间条也按照此模式进行内容编排，如发觉动作难度大,可用简单些的动作替代。

武道跆拳道的参与者根据自己的实力，参加晋级考试，得到荣誉的激励，在不断掌握武艺技术的过程中超越自我。从白带到黑带,是造就一个个精英的过程。

黑带是一个精英群体，无论道馆里的黑带还是公司里的黑带，都会告诉我们如何成功，而且保持可持续的发展势头。

3.武道跆拳道礼仪

礼仪是跆拳道运动中必不可少而且十分重要的组成部分，是习武过程中必须具备的行为规范。

（1）礼节与姿势

1）立姿与坐姿：立正要双脚尖并拢，脚跟相靠，身体直立，下巴内收，双眼平视，双臂自然下垂，双手握拳，拳心向里贴于大腿内侧。稍息要两脚分开与肩同宽，脚尖正对前方，双手掌交叉置于腰后，挺胸收腹，双眼平视。坐姿要求在坐下与起立时不得以手扶地。盘腿坐下，脚尖往后绷,双手握拳，拳心向下，置于膝关节上，注意勿耸肩抬肘，上体歪斜，含胸驼背，而应体现出习武者沉稳平静、自然放松的精神。（图1－2－1～3）

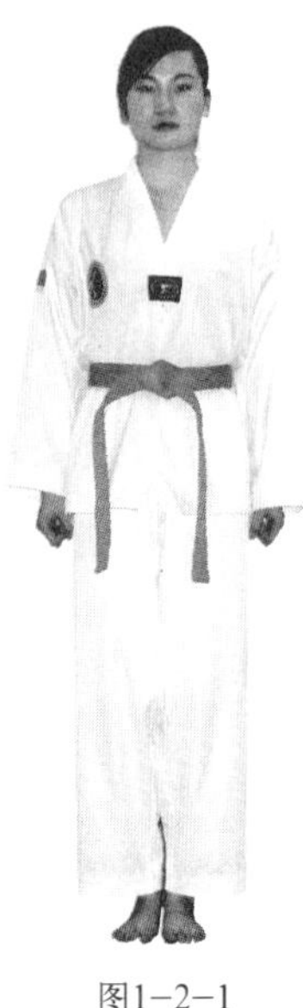
图1-2-1

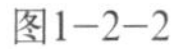
图1-2-2

图1-2-3

2）敬礼与递、接物品姿势：敬礼是跆拳道运动最常用的礼节。敬礼时面向对方，并步直体站立，上体前屈30°，头部前屈45°，鞠躬致礼,礼毕上体还原成立正姿势。(图1-2-4)

图1-2-4

进入道馆训练开始时，以端正姿势向国旗敬礼，然后按馆长、教练和长辈的顺序依次向他们敬礼。

训练者要妥善整齐地放置好自己的随身物品，运动过程中道服松开时，要停止运动，转身背向国旗、馆旗、教练与同伴进行整理，整理好后再转回原来方向。

递、接物品的姿势：立正姿势，双手掌心向上，向前伸出递、接物品，同时上体向前鞠躬致礼，礼毕还原成立正姿势。如果在重大场合，比如从官员手中领取奖品、证书时，应在致礼后后退一步再向后转身离开。训练中相互交换脚靶时，容易犯的错误是双脚尖未并拢。（图1−2−5）

图1−2−5

另一种递接物品的姿势是左手掌心向上向前伸出，双脚并拢，直体站立，右手刀掌心向下抵于左手肘尖下，同时鞠躬致礼。（图1−2−6）

图1−2−6

（2）以礼始，以礼终：训练课开始与结束时，学员之间、学员与教练都要相互鞠躬敬礼。结束时按各自带位站成一排，低带位队列依次向高带位队列敬礼。

（3）细节决定成败：参加跆拳道运动需要每一位学员从细节做起，牢记“一屋不扫何以扫天下”，细节决定成败，细节决定学员是否能在跆拳道健身过程中有所收获。

武道跆拳道的参与者大多受过良好的教育，在社会中起着中坚力量的作用，因此他们也能恪守有良好教养的人最起码的行为规范，从细节做起。

1）精神纪律：尊师重道、不排斥贬低其他拳种、道馆。进出道馆要主动向国旗、馆旗、鞠躬敬礼；迟到者需要主动罚20个俯卧撑，并向教练鞠躬，征得其同意后方可进入，做好热身动作；穿本馆指定的、整洁的道服参加训练，佩带自己的腰带，不借用他人的道服与色带；训练中自始至终要精神饱满，气合声响亮。在道馆里训练、整理器材时要率先行动，在低带位者面前起模范表率作用。男士随时照顾女士、弱小者，女士在得到他人帮助后应该表示谢意；相互协助，共同进步。要尊重道馆所有工作人员，遵守道馆规章制度；不在道馆内散布有损政府声誉和形象的言论；不从事、策划、煽动破坏国家统一和民族团结的活动。

2）训练细节：训练时严格按教练的指令去练习，不模仿或练习与本人课程无关的动作；合理使用道馆里的器材，爱护所有设施，器材使用后整齐归回原处。训练时注意远离坚硬、尖锐、易碎的物品；注意不踢到同伴没有保护的部位。累计参加15～30节训练课，或者训练两个月可申请晋级一次。训练结束要仔细折叠好道服与腰带，不应胡乱往包里塞。

3）生活细节：仪表端庄，穿戴整洁，不穿背心、短裤、拖鞋进入道馆，不浓妆艳抹、涂过浓香水；走路不能大摇大摆带市井气。不向窗外、地上乱扔水瓶、纸屑、果皮及其他废弃物；禁止在道馆附近吸烟，穿道服时不吸烟；道馆里禁用手机，接听电话必须离开本区域并注意不影响他人；道馆里禁用随身听、笔记本电脑播放音乐。使用厕所后要冲洗。休息时谈话要低声，不谈论经济收入与自己有几套房子之类的话题。坐姿要端正，站立时不要身倚墙壁、柱子等；不得在垫子上躺卧，道馆的窗台不要放置包裹、雨伞等任何物品。不在道馆内吃食物、喝酒或带刺激性气味的饮料；有酒味者不得进入；不在道馆内打牌；个人物品及时带走；不在道馆内抠鼻孔，掏耳朵，修指甲。自行车、摩托车、自备汽车必须按保安指定位置摆放整齐，配合上缴汽车停车费；节约用电、用水，随手关闭开关与水龙头。

4）对待外宾：遵循平等互利的原则，尊重各国国家元首、国旗、国徽等，尊重各国、各地区的风俗习惯，坚决杜绝一切破坏与他国友好关系的行为发生。稳重自持，尊重对方，不卑不亢，落落大方，表现出中国人的气质和风度。讲话声音要清晰，语音要适中；打招呼要注重礼节与场所，以及各国、各地区的习俗和长幼、男女的差异。

4.以拳会友——健身社交两不误

亚里士多德认为，休闲是人们获得幸福的一种生活方式。跆拳道休闲运动体现了生活的质量。武道跆拳道注重身心体验与生活质量，追求精神上的自我超越、自我完善所产生的成就感。

跆拳道馆的教练能根据学员的身体特点因材施教，对不同身体素质的人有不同的教学内容与教学进度，招法精简而实用。训练中要求发扬助人为乐、相互协作的精神，注重集体荣誉感，倡导谦虚、礼貌的言行举止。

在进入道馆训练时，暂时远离喧嚣的世界，能忘却学习、工作带来的压力和生活中的烦恼。在教练的指挥下，一群人挥汗如雨、大声呵叫、用力出拳，既能减肥，又能宣泄情绪、减轻压力，武道跆拳道已成为人们学习、工作之余的休闲体育。

在道馆里经常可以看到这样一幕：在课间休息，一位拿着跆拳道脚靶的年轻姑娘笑着对刚踢完一个横踢动作的小伙子说：“你刚才一腿好快呀！动作真酷！”这种人与人对话的互动体验，与健身房里人与机器对话的感觉有着明显的不同。

在道馆里学习跆拳道时，有机会与不同职业、不同年龄、不同性别和不同民族的人进行接触与交流，增进友谊，学习不同的文化。在训练间隙谈拳论道，交流武艺，在道馆的社交活动中，可以享受到精英之间相互沟通与交流各种信息所带来的乐趣。道馆不定期或定期组织的各类比赛、联谊活动，也能使学员们以拳会友——健身社交两不误。

（三）准备活动与整理活动

1.热身准备活动

（1）一般准备活动

图1－3－1

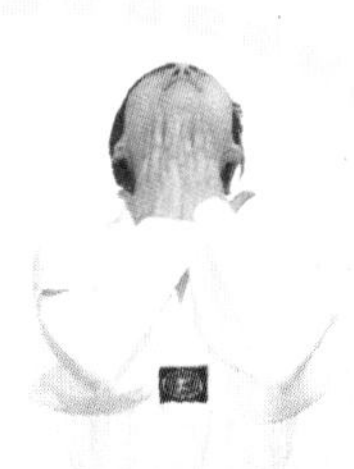

图1－3－2

1）头颈部：向左、向右侧摆头。双手脑后交叉下按头部5秒；双手上托下腭后仰头5秒。(图1－3－1～2)

2）肩部：一臂向前，另一臂向后环绕。(图1–3–3)

图1–3–3

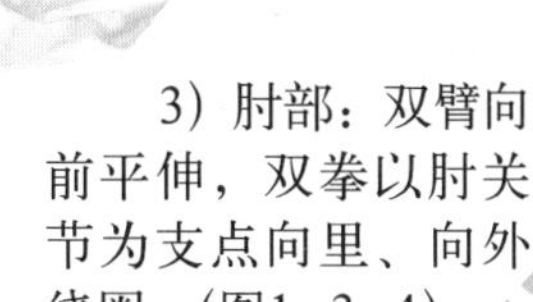

图1–3–4

3）肘部：双臂向前平伸，双拳以肘关节为支点向里、向外绕圈。(图1–3–4)

4）手腕部：十指胸前交叉旋转手腕部。(图1–3–5)

图1–3–5

5）手指：快速抓、放。（图1−3−6）

图1−3−6

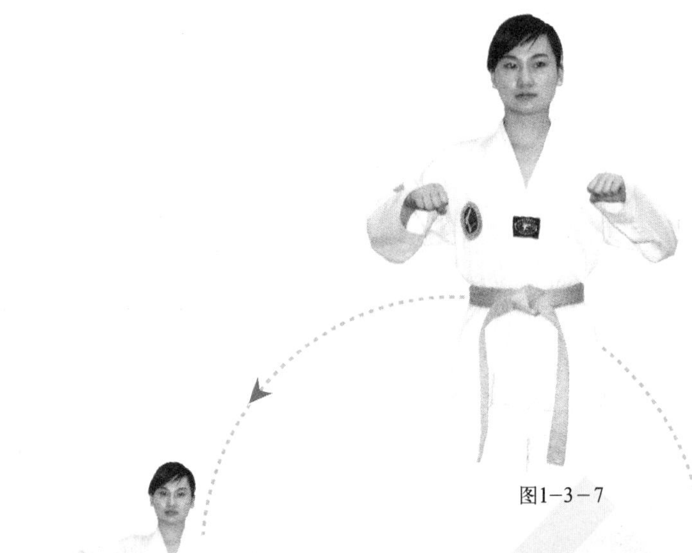

图1−3−7

6）胸部：双拳曲肘平抬向后振2次，平展臂向后振2次。（图1−3−7）

7）腰背部：双脚左右分开，两倍于肩宽，弯腰直臂，左手挥摆摸右脚；右手向异侧自然挥摆；右手挥摆摸左脚，左手向异侧自然挥摆。双脚左右分开，两倍于肩宽，双臂向前伸直，以腰为支点向左、向右各转一大圈。双脚左右分开，两倍于肩宽，身体尽量后仰，左手摸右脚跟，右手摸左脚跟。(图1−3−8～10)

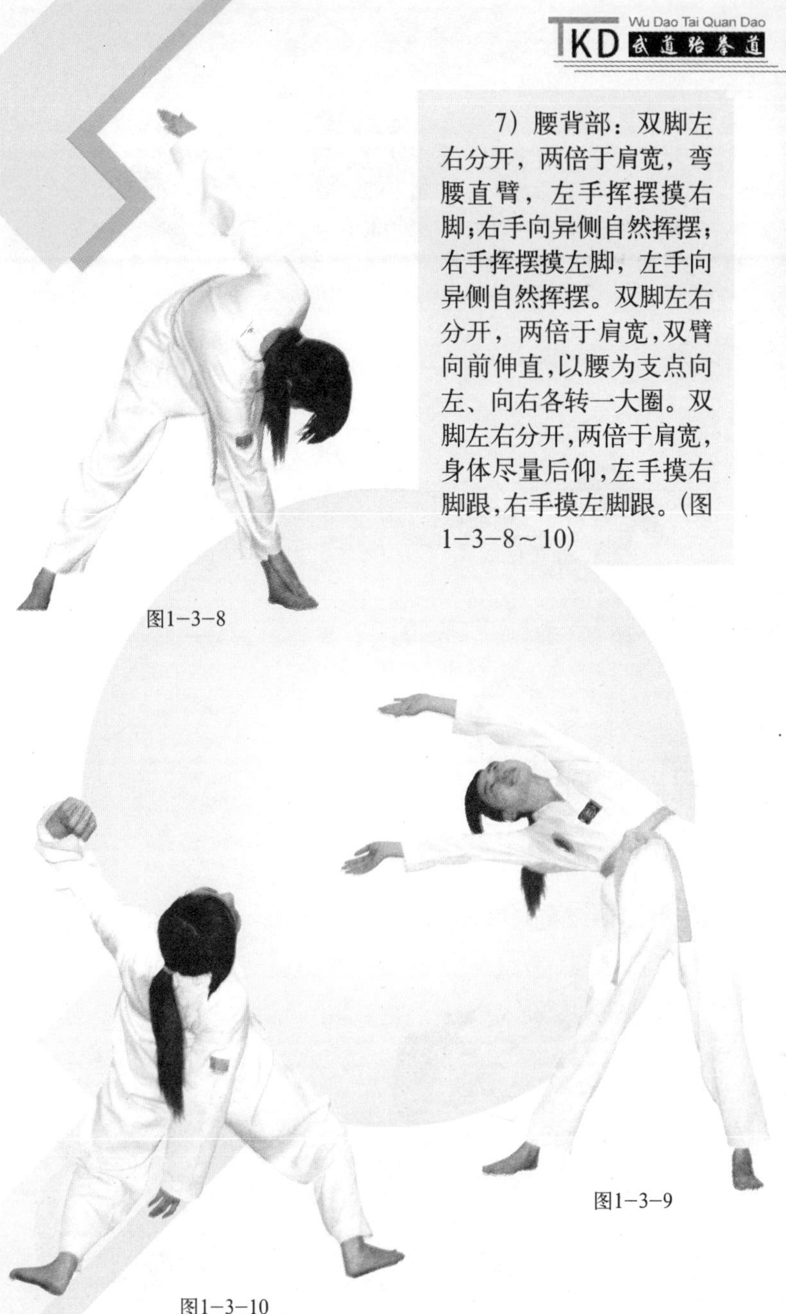

图1−3−8

图1−3−9

图1−3−10

8）腿部：左右弓步压腿。左右仆步压腿。左右吻靴。并步站立，膝部挺直，双手顺着大腿外侧下滑，直至抓住踝关节,静止5秒。搁脚于肋木、同伴肩上做正压、侧压脚。横叉。图纵叉。(图1–3–11～17)

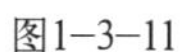

图1–3–11

图1–3–12

图1–3–13

图1–3–14

图1-3-15

图1-3-16

图1-3-17

图1-3-18

9）膝部：并步站立，双手扶住膝部，向左、向右环绕。（图1-3-18）

10）踝关节：脚尖点地，向左、向右环绕。

11）脚趾：一脚独立，另一脚前伸，用脚趾模仿手指抓、放动作。

（2）专项准备活动

1）跑动中蹲身手摸地。（图1-3-19）

图1-3-19

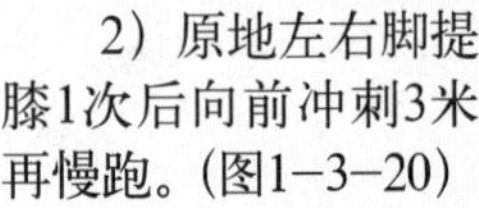

2）原地左右脚提膝1次后向前冲刺3米再慢跑。（图1-3-20）

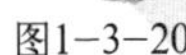

图1-3-20

3）原地弯腰垂臂，向前、向后、向左、向右快速踏步，分别持续20秒。（图1－3－21）

图1－3－21

4）左右摸相隔2.5米的两个脚靶，侧滑步摸20次，迅速起立向前冲3米再慢跑。（图1－3－22）

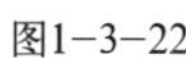

图1－3－22

5）阻力跑(A跑，B拉A道带)。（图1－3－23）

图1－3－23

6）行进间向前上踢，接弓步、仆步压腿。(图1－3－24)

图1－3－24

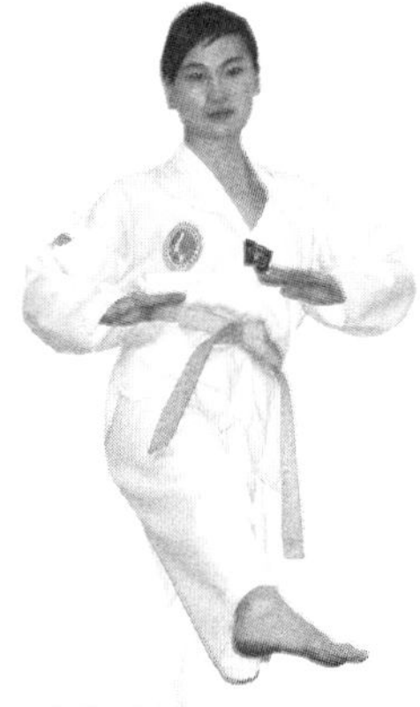

7）向前连续双飞转髋跑。(图1－3－25)

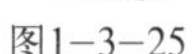

图1－3－25

8）后退连续双飞转髋跑。(图1－3－26)

图1－3－26

2.训练中避免受伤的方法

（1）服饰装备上的注意事项

1）练习前要剪好指甲，扎好长头发以免遮住视线，穿好道服、道鞋在有垫子的训练馆内进行练习，千万不可在家里试图学练格斗动作。

2）实战时一定要穿好护具，不应图省事而不戴护裆、头盔、护腿、护臂，而只穿护胸。

3）不要过分相信陌生对手的腰带颜色，可能是一个黑带高手绑着一条绿带。因此，白领学员的实战练习要找身高、体重、力量、技术都相差不多的人进行。

（2）训练过程中的注意事项

1）每次训练前一定要充分做好准备活动，颈、肩、手腕、手指、肘关节、腰、腿、膝关节、踝关节、脚趾的肌肉韧带都要得到充分拉伸。

①要先热身5～10分钟，让肌肉和结缔组织得到预热，使准备活动中的拉伸练习更加安全。

②在每个拉伸练习中都应注意调节肢体运动，使动作规范，符合要领，以达到最佳效果。

③动作要缓慢柔和，不要达到痛疼点，要使肌肉和韧带有足够的时间去适应，可保持拉伸状态15～30秒钟，每个拉伸动作可重复练习3～4次。每组动作的目标是肌肉应感觉紧张但仍舒适，在最后几组动作中要实现更大程度的松弛。

④拉伸时呼气，返回时吸气，做拉伸练习不要屏住呼吸。

⑤训练前、训练中都要有拉伸练习，才有助于扩大动作范围和避免受伤，训练后做拉伸练习能促进恢复，减少痛疼。

⑥除做缓慢柔和的拉伸练习外，还要结合局部肌腱，重复做爆发式拉伸并立即放松，如踢腿、甩臂。

2）迟到10分钟以上的，在向教练鞠躬道歉后，自己要在边上认真做好准备活动，不要立即加入队列。

3）训练中要注意以正确的技术动作、正确的部位击打脚靶、护具、沙袋等器材。踢脚靶时要当心别踢在对方手指上，第一腿先轻踢，找到感觉后再逐步提高速度与力度，初学者不要去踢沙袋。

4）初学者发力不要过猛，以免失去平衡摔倒。万一摔倒，要注意正确的倒地姿势。要爱护同伴，练习反关节技与摔技时要注意控制力度。

5）要注意手指、膝关节周围韧带的保护，练习动作要先慢后快，从慢动作分解开始，正确、熟练掌握动作后再提高力度与速度。

（3）实战中的注意事项

1）注意横踢的发力方向、接触部位，实战时要避免两人的腿相撞，如果发力路线错误会踢到对手的肘关节上，使自己的脚背受伤。

2）打拳时要瞬间紧握拳头，拳背与手腕成一平面，以拳的正面去击打。

3）要自我激励、调整、控制情绪。配对练习应在准确掌握单练动作的情况下进行，控制力量和速度，由慢、轻逐渐至快、重，不可伤及同伴。

4）训练前应记住自身的要害部位如何保护，并在保持平衡的状态下，又能灵活移动。

5）训练中应重视借力打力，重视身体素质的提高。

6）没有教练在场时不要练实战、特技、击破、徒手对凶器等项目。

3.放松整理活动

整理活动通常是原地放松，做弹性跳动、肌肉韧带拉伸等动作，使学员身心逐渐恢复常态，还可以静坐数分钟，使学员带着愉快的心情离开道馆。（图1－3－27）

图1－3－27

二 利其器——筋经、劲道、意念

Liqiqi Jinjing JinDao YiNian

（一）拉伸与柔韧

武道跆拳道筋经的训练与常规的柔韧性练习外表十分相似，其内涵大不相同。两者最大的不同之处在于，一是自然而然地发展柔韧性，没有硬拉韧带的痛苦，比如通过站桩以及练习弹性振荡与抽甩动作，来提高肌腱与韧带的质量；二是运用意念与呼吸，尤其是对想象力有明确的要求，对气血运行有明显的感受；三是按传统武术初级水平对韧带与肌腱进行训练，在“开肩、开背、开胯”后再步步提高要求，不同部位有不同的专门功法。

在武道跆拳道的准备活动中，有许多动作与瑜伽十分相似，结合呼吸与意念的训练，效果与瑜伽无异，因此瑜伽的一些动作也可以吸收到武道跆拳道的柔韧性练习中。

1.瑜伽的柔韧性训练

瑜珈简单地说，就是用呼吸法、体位法、冥想法构成协调身心平衡的养身法则。瑜珈练习对提高身体的柔韧性很有帮助。在武道跆拳道的柔韧性训练中，许多姿势类似于瑜珈。不同之处在于，许多道馆在统一口令下，集体做带有韵律感的拉伸动作，而忽略了瑜珈所需要的呼吸与冥想。

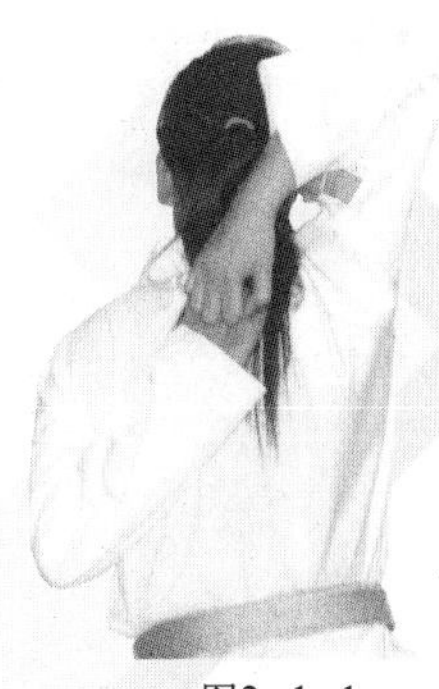

图2-1-1

（1）坐姿，左手自左肩向下同右手手指相扣；右手自右肩向下同左手手指相扣，静止5秒。（图2-1-1）

图2-1-2

(2) 坐姿,双足心相抵,双手抓住脚尖,尽量以头触脚尖,同时以双肘之力外推双膝至着地;双手握膝一次次下压。(图2-1-2~3)

图2-1-3

图2-1-4

(3) 双膝跪地,双手撑地,重心后移,双臂伸直,塌腰。(图2-1-4)

(4) 两腿屈膝盘坐,右腿外侧和踝关节外侧着地,左腿内侧和踝关节内侧着地,直腰挺胸,左手抓握右膝外侧,右手在腰后撑地,身体慢慢向右后转;对侧练法反之。(图2-1-5)

图2-1-5

图2–1–6

(5) 坐姿，右腿伸直，左腿弯曲，脚背着地，脚跟靠近右腿根部，双手抓握右脚尖，上体尽量前俯，对侧练法反之。(图2–1–6)

2.武道跆拳道拉伸训练

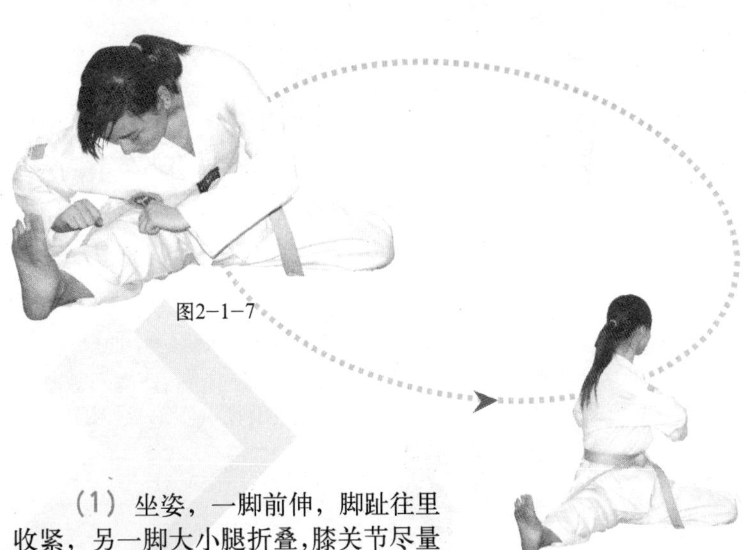

图2–1–7

(1) 坐姿，一脚前伸，脚趾往里收紧，另一脚大小腿折叠，膝关节尽量向后，双拳曲肘平抬，前俯以胸触腿2拍；后转后拉双肘2拍。(图2–1–7)

（2）双膝跪地，脚背绷直触地，双手撑地，双膝慢慢左右分开，静止5秒。（图2-1-8）

图2-1-8

（3）坐姿，双脚尽量外张，双手向左脚拍2拍，再向右脚拍2拍；8×8拍后抓住左踝关节静止10秒，抓住右踝关节静止10秒；最后双手按住膝关节静止10秒。（图2-1-9）

图2-1-9

（4）坐姿，双脚尽量外张，双手向前滑行使胸部触地，静止10秒。（图2-1-10）

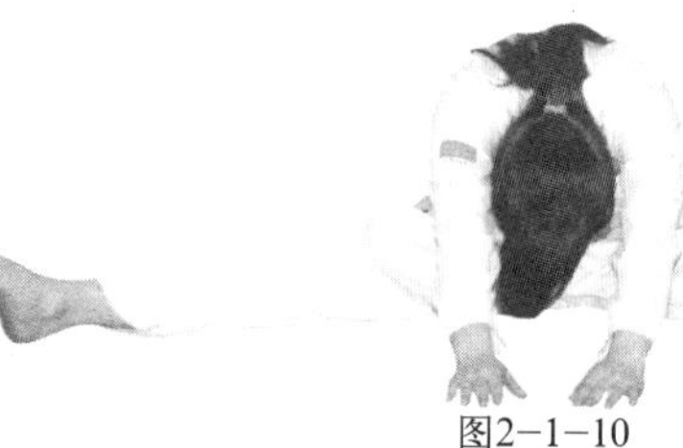

图2-1-10

图2-1-11

（5）躺下，双手自肩上向后撑地，使身体离地，形成“桥”状，静止20秒。(图2-1-11)

（二）内功与内劲

1.武道跆拳道内功的训练

盘坐是道教清修和佛教禅修中十分重要的功课，宗教修养强调“以心入道”，静修属于精神修炼法。练习静坐，可以逐渐把握自己，调节意识和情绪；练习站姿归元式可达到心境的平和。

盘坐的姿势能使原先分布于下肢的血液向上身集中，从而使内脏和大脑等脏器得到充分的供血。通过意识的自我暗示，细、深、长、匀的有氧呼吸，可调节血液循环，滋养细胞、排除毒素、调理神经、修复创伤，使心态返璞归真。

图2–2–1

(1) 静坐：武道跆拳道的静坐采取盘腿坐的方式，分为散盘、单盘、双盘三种，其中以双盘(五心朝天)难度最大，效果最好。(图2–2–1)

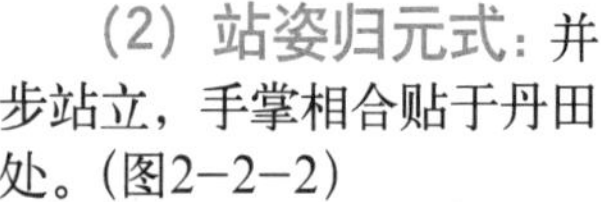

(2) 站姿归元式：并步站立，手掌相合贴于丹田处。(图2–2–2)

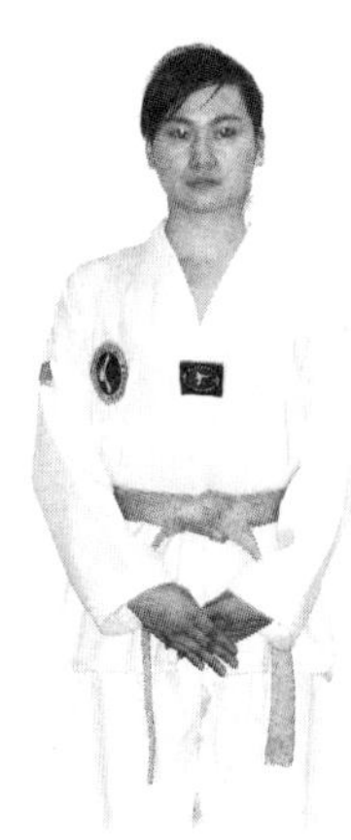

图2–2–2

2.武道跆拳道桩功的训练

武道跆拳道的核心是在桩功基础上的筋经、劲道、意念的训练，小级别选手在自卫时要想具备一拳击倒大级别选手的实力，站桩是不可缺少的训练内容，为了形成整体劲，必须练习站桩。竞技跆拳道选手要掌握完整的格斗技巧，尤其需要多练习马步桩与三七步桩，使下盘稳固。桩功的训练分为松桩、紧桩、动桩三个阶段，各个阶段都有不同的侧重点。

(1) 松桩：松桩即静桩。要暗示自己全身软若无骨，极度放松地站好桩架，并且长时间地保持着该姿势，以达到肌肉放松、筋骨舒展、活血养气的目的。待通体热透，气血直达指梢并持续不退后，可由松桩转入紧桩的训练。以下这些步型，都可以作为松桩的锻炼之法。

1）开立步桩：并步站立，左脚向左迈开一步，与肩同宽，两脚尖正对前方，双脚成平行线，或脚尖外张22.5°，两臂自然下垂，两手握拳置于腿侧，起势或收势时双拳置于下腹前下方。（图2–2–3）

图2–2–3

图2–2–4

2）马步桩：马步桩是武道跆拳道最重要的桩功。双脚左右分开，宽约为脚长的三倍，脚尖正对前方，屈膝半蹲，大腿接近平行于地面，膝关节投影垂直线落于脚尖。（图2–2–4）

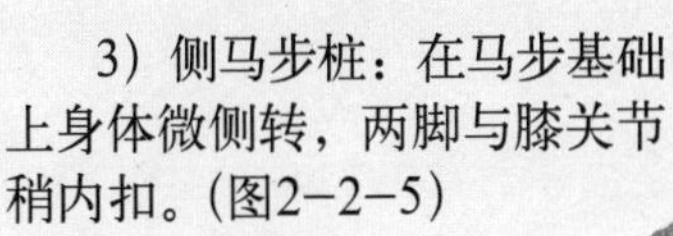

3）侧马步桩：在马步基础上身体微侧转，两脚与膝关节稍内扣。（图2–2–5）

图2–2–5

4）前行步桩：走路时停步的步型，两脚尖都朝向前方，膝部伸直。(图2–2–6)

5）弓步桩：两脚前后开立，相距约一步半，前腿屈膝半蹲，大腿接近水平；后腿蹬直，后脚斜向前45°；身体正对前方，挺胸塌腰。(图2–2–7)

图2–2–6

图2–2–7

6）交叉步桩：一脚向另一脚后侧插步，脚尖着地，两腿屈膝交叉，称为后交叉步；一脚向另一脚前侧插步，脚尖着地，两腿屈膝交叉，称为前交叉步。(图2–2–8)

图2–2–8

7）独立步桩：左腿独立支撑体重，右腿屈膝提起，脚内侧贴于支撑腿膝内侧或膝窝处(图2-2-9)。保持步型静止不动，身体中正，结合呼吸与意念；对侧动作反之。为了提高锻炼效果，所有手型都可以进行调整，以产生人体的浑圆力。

图2-2-9

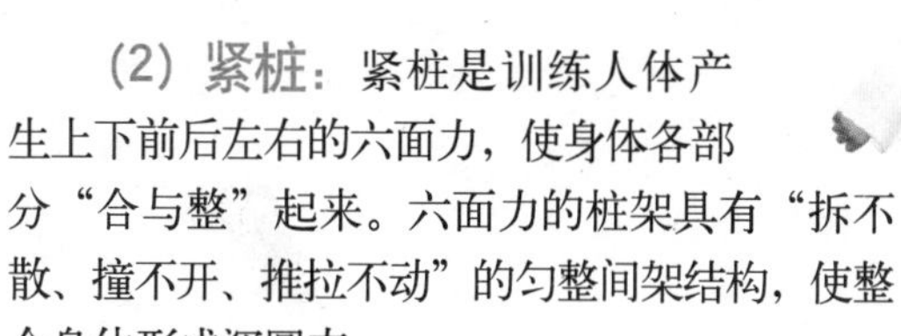

(2) 紧桩： 紧桩是训练人体产生上下前后左右的六面力，使身体各部分“合与整”起来。六面力的桩架具有“拆不散、撞不开、推拉不动”的匀整间架结构，使整个身体形成浑圆态。

桩功的“紧”有“原位紧、伸紧、拉紧”三种，都采取“紧张度保持一致”和“一层层逐渐加力，每呼吸一次，就加紧一分”两种方式。

图2-2-10

1）三七步桩：两脚前后开立，与肩同宽，两脚连线成90°，两膝弯曲，重心降低，后小腿同地面成60°，体重的七分在后脚，三分在前脚。(图2-2-10)

2）虚步桩：姿势同后弓步相似，只是前脚以前脚掌点地，脚跟略提，两膝稍内扣，重心落于后脚。(图2-2-11)

图2-2-11

图2-2-12

3）汉江照影——“单山架”桩：动作来自太极八章。左弓步，左手成空心拳，拳心向里，右手臂伸直，缠丝劲拧转，拳心向外，目视左拳，调息，深呼吸五口气后头转向右边，平视。(图2-2-12)

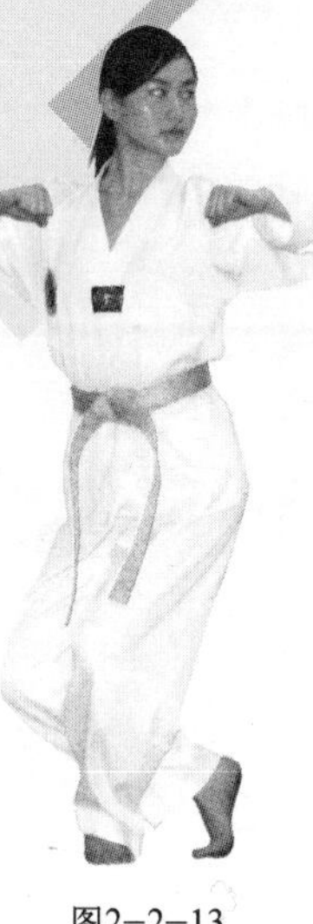

4）“辕式打”桩：动作来自平原。后交叉步站立，双手握拳，拳心向下，双臂弯曲平抬。(图2-2-13)

图2-2-13

5）“指天穿地”桩：动作来自天拳。上体中正，成三七步，双手手心向上，双臂竭力伸直至极限形成对拔力，目视左手，尽量松开肩、肘、腕、指的韧带，意念以中指领劲，去够一寸远的目标，身体保持不动，手指很快会因为气血运行加速而有发胀、发麻、针刺感。(图2-2-14)

图2-2-14

6）“鹤立”桩：动作来自金刚。右脚独立，左脚贴于右膝窝，右手握拳掌心向外，左手掌心向内置于身旁。(图2-2-15)

图2-2-15

7）“黄牛架挡式”桩：动作来自十进。双脚开立，双拳拳眼向下，双臂圆形上举过头，成黄牛架挡式；双脚内扣成夹马桩，既能开胯，又能练习里勾外挂的暗腿所需的六合之劲；需要增加臂力的女学员可练双手手心向上翻转成环形状。（图2−2−16）

图2−2−16

（3）动桩：锻炼动桩是为了使全身力量得到最佳发挥。在保持紧桩功的基础上实施力的点移动、线伸缩和面变换。动桩初级阶段以幅度小、距离短、速度慢的方式进行练习，到了高级阶段，可以快速、全力训练，比如拳击的右直拳动作，在接触目标的一瞬间，人体立即变成一个固定的刚性物体——桩的动力定型。

动桩可为日后发整体劲打下基础，通过反复模拟发力——达到一触即发的发劲状态。一个桩架往往特别适合于训练某种用力方式，针对筋经侧重点的不同，要有目的地选择各种桩功来锻炼。

1）“推大石”桩：动作来自十进。左弓步双掌推对方胸部或头部。(图2–2–17)品势十进演练时，动作十分缓慢，运力如抽丝，使脊椎的上拔、下沉、拉收都得到很好的锻炼。

图2–2–17

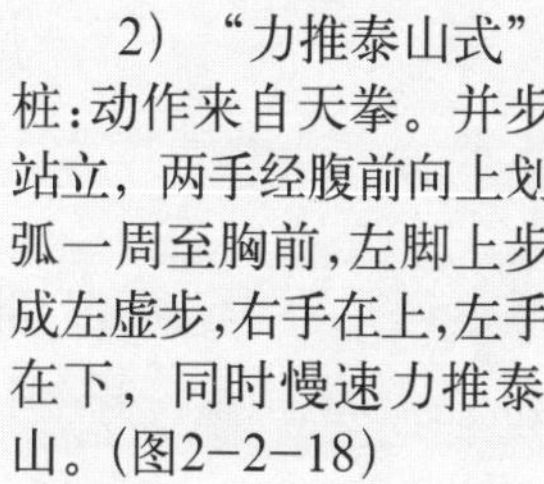

2）“力推泰山式”桩:动作来自天拳。并步站立，两手经腹前向上划弧一周至胸前,左脚上步成左虚步,右手在上,左手在下，同时慢速力推泰山。(图2–2–18)

图2–2–18

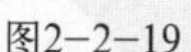

图2–2–19

3）“对拔分手”桩:动作来自金刚。马步双手格挡，缓缓站立成开立步，双手向体侧左右分开；同时头向上顶,松开每一节的脊椎骨骼，形成尾椎骨的沉坠力与头上顶的上拔力的对拔劲;双手像按住两个水面篮球，头保持中正，虚灵顶劲,下额内收,眼睛好像从与其同高的一堵围墙上方,要伸长脊椎关节,才能看到围墙外物体似的。(图2–2–19)

4）起势桩与收势桩：跆拳道品势的起势与收势，可锻炼脊椎的对拔劲，松开一节节的脊椎骨，使脊椎骨四周的肌肉与韧带群得到放松，激活神经。(图2—2—20)

图2—2—20

3.武术撑劲与绷劲的训练

武术撑劲与绷劲的训练，对产生人体整体劲具有至关重要的意义，主要用于锻炼筋即韧带与肌腱的撑劲与绷劲。

(1) **太极拳的绷式**：开立步站立，身体右转90°，右脚上右前一步成右弓步，同时右手掌心向里，肘尖斜向下，手臂弧形，左手掌心向下轻按在右手手腕内侧，双手在身体重心前移带动下，经胸前用绷劲缓缓前移。(图2—2—21)

图2—2—21

图2-2-22

（2）梅花桩拗式： 前后肩宽站立，伸直双膝，双手前后成直线伸开，后手略高，双拳用意念前后撑开至极限，坚持约1分钟，每呼吸一次就用意念外撑一分，手臂、肩的每一关节的缝隙都要用意念撑开，直到手指有麻、针刺感为止。(图2-2-22)

图2-2-23

（3）八极拳撑掌式： 马步站立，右掌十指撑开，指尖略内扣，往体侧用撑劲击出，左臂大小臂弯曲成弧形，在右掌击出的同时后拉；然后上左脚，连续在直线上来回练习；注意后手拉，前手撑，头往上顶，尾椎骨往下沉，身体有沉坠力，用足十字劲。(图2-2-23)

4.武道跆拳道劲道的训练

武道跆拳道劲道的训练，主要是通过空击、抖杆、踢靶进行训练。

(1) 空击：空击是不用器械，反复练习不同的发力动作，比如出拳踢腿。其要点在于训练动作的突然制动，用于发展动作反方向的劲力。常见的训练方法有震脚、合手、争力。

1)震脚：跆拳道比赛中的得分得点式发力属于梢节劲的一种形式。脚为梢节，膝为中节，胯为根节，跆拳道最常用的踢法都是用鞭梢劲抽击。震脚时要周身放松、协调，意气下沉，配合“哼”、“哈”等发声，使劲力发挥得更完整，产生沉坠力，以增加身体紧张度，提高整体劲，增强气势。

①交叉步震脚翻背拳：动作来自太极五章。交叉步，以翻背拳攻击。(图2-2-24)

②交叉步震脚双钩拳:动作来自太极七章。交叉步,以双钩拳攻击对手肋部。(图2-2-25)

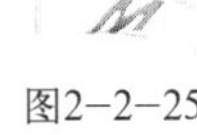

图2-2-24

图2-2-25

③马步震脚山形架挡击：动作来自金刚。马步，左手格挡对方右冲拳，右拳以拳背部锤击对方头部，同时右脚脚尖先外翻再突然内扣，震脚落地，使劲跺其脚背。该动作能锻炼身体的沉坠力，在用意念稍微内收尾椎骨时突然带动身体下坠，鼻子往外喷气。(图2-2-26)

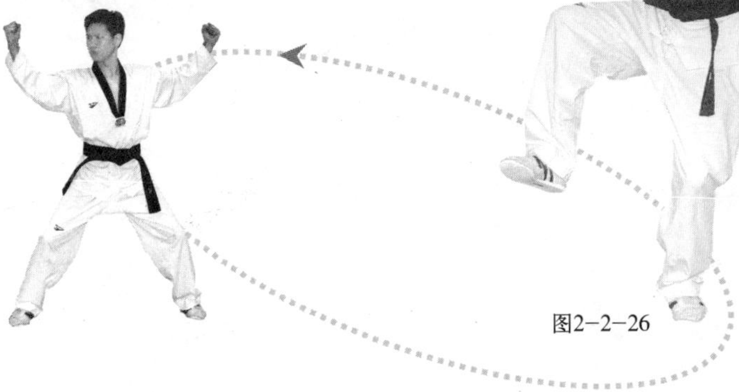

图2-2-26

图2-2-27

④马步震脚翻背拳：动作来自平原。马步，右脚提起，右拳自身体右后向中线挥击，右脚跺地有声，右背拳攻击对方。(图2-2-27)

⑤独立步震脚前刺：动作来自一如。右脚向前跳步震脚成掖脚站立，同时右立掌，掌心向左，以四指尖穿刺；左手掌心向下，手背贴于右肘下。(图2-2-28)

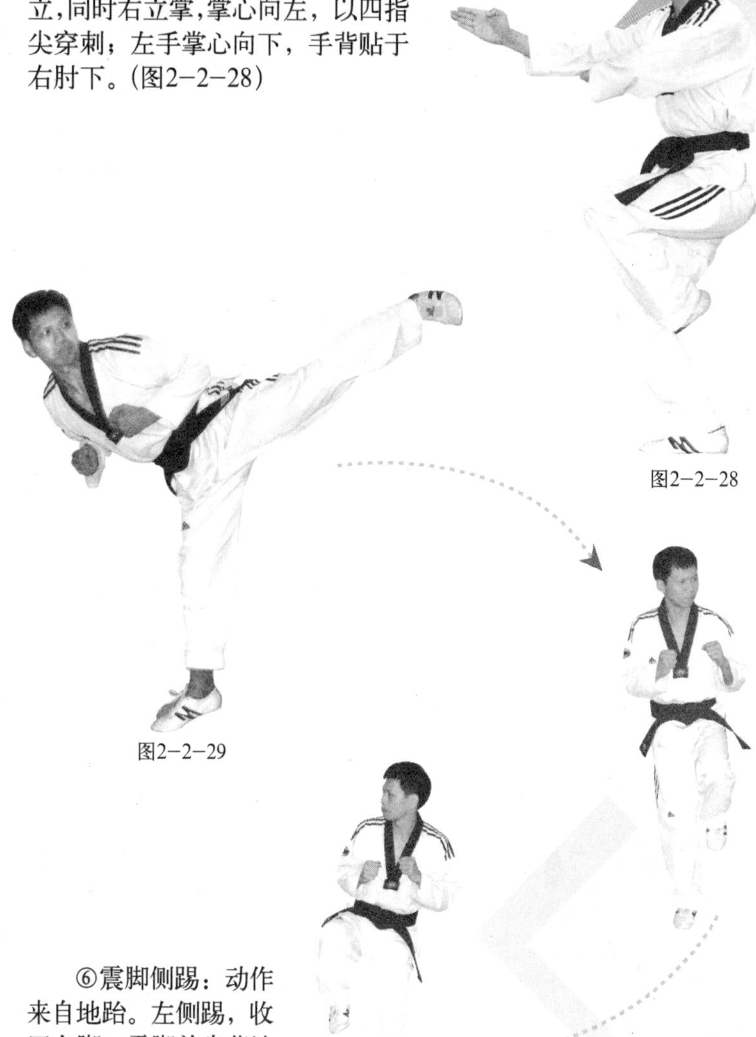

图2-2-28

图2-2-29

⑥震脚侧踢：动作来自地跆。左侧踢，收回左脚，震脚并步落地于右脚旁，右腿立即起右侧踢。(图2-2-29)

2)合手：跆拳道合手是为了提高空击时的抗阻力值，增加力度，通过快速有力的肢体撞击来提高手、脚、肘等部位的硬度与承受力。

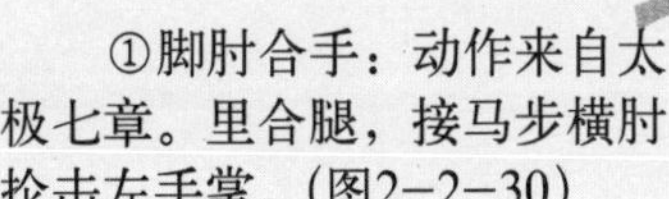

①脚肘合手：动作来自太极七章。里合腿，接马步横肘抡击左手掌。(图2-2-30)

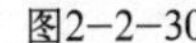

图2-2-30

②拳掌合手：动作来自地跆。马步，身体右转，左拳背锤打右手掌。(图2-2-31)

图2-2-31

3）争力

①搓拉刺：动作来自十进。三七步，左拳拳心向上，右手掌心向内扶于手腕处；左前臂外挡，同时左脚擦地前移成左弓步，左拳缓慢翻腕成掌，掌心向下，右掌掌心向下贴在左掌背上方；右掌搓着左掌前刺，左掌后拉，产生争力。(图2-2-32)

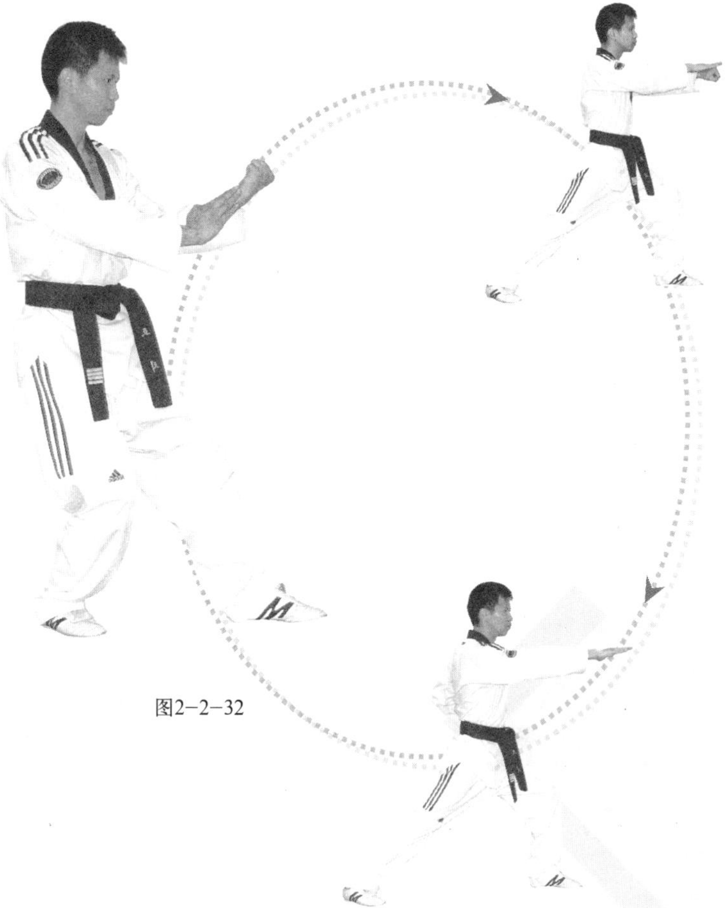

图2-2-32

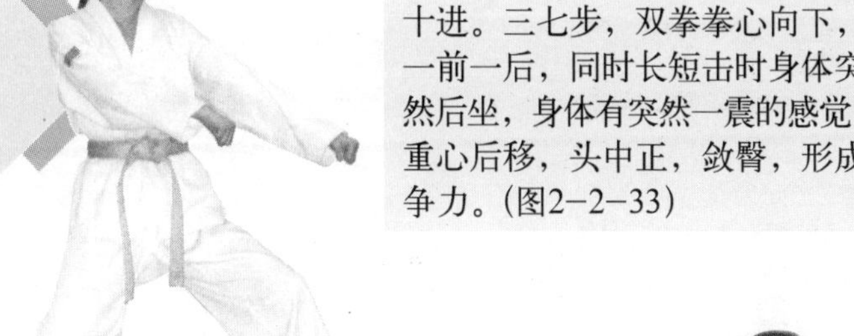

②三七步长短击：动作来自十进。三七步，双拳拳心向下，一前一后，同时长短击时身体突然后坐，身体有突然一震的感觉，重心后移，头中正，敛臀，形成争力。(图2–2–33)

图2–2–33

(2) 抖杆：抖杆是提高身体爆发力极有效的方法。手持2～3米长的白蜡杆朝各个方向进行反复的抖动，努力把劲力贯于杆头,使杆与人体浑然一体。(图2–2–34)

图2–2–34

用长柄大铁锤击打固定在地上充好气的汽车轮胎、用长柄斧头劈木头,这两种方法对训练全身爆发力的效果也十分理想。

(3) 击靶：通过击打梨球提高速度、击打重沙袋提高力量；击打手靶、脚靶、护具靶来锻炼拳脚的穿透力。(图2–2–35)

图2–2–35

（三）意念

武道跆拳道的意念训练，主要体现在保持身体中心线与重心的基础上，进行假想敌与长短劲的训练，以及跆拳道形意拳的训练。

1.假想敌与长短劲

（1）压住中心找重心，压住重心找中心： 意思是控制住身体中心线，保持中正，在移动中保持重心稳定，并要兼顾中心线中正。

（2）守中用中： 使用攻防动作时要“守中用中”，即守好自己的中线，积极攻击对方的中线。比如出掌时从自己的口鼻部中线出击，向对方基本实战姿势的双手之间攻击，能增加掌握主动权的可能性。（图2－3－1）

图2－3－1

（3）假想敌： 假想敌是指“面前无敌似有敌，面前有敌似无敌”的意思，即在战略上藐视敌人，在战术上重视敌人。在训练中要有实战意识，动作要有攻防含义，并运用丹田的鼓荡发力。在预计对方移动时，要假想对方以何种方式，向何方移动，身体如何摆动、转动、跳跃，在其动作的中途就能判断出最终位置与姿势，同时还要想象自己该怎么办，如果我方以下表方式运动，对手又会怎样反应？（表2－3－1）

表2-3-1　步法与身法的变化

身步齐动的方向	前进	后退	左移	右移	左斜前移	右斜前移	左斜后移	右斜后移	左环绕步	右环绕步		
定步身动的方式	顺时针转身	逆时针转身	上纵	下潜	前俯	后仰	左侧闪躲	右侧闪躲	左斜前闪躲	右斜前闪躲	左斜后闪躲	右斜后闪躲

此外，还要想象出双方脚步移动方向，以及对方拳法踢法的出腿轨迹。（图2-3-2～3）

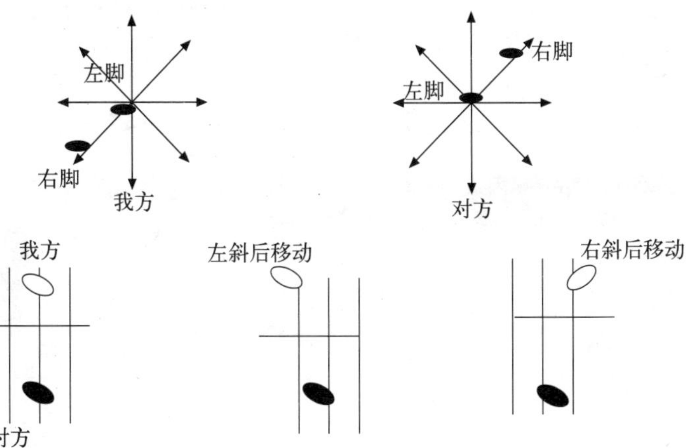

图2-3-2　双方脚步移动方向

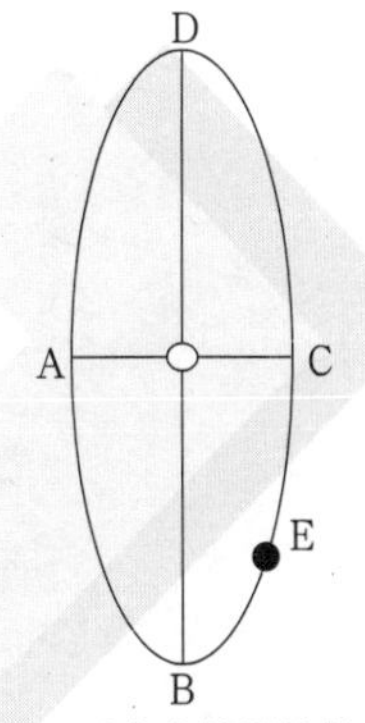

图2-3-3　对方拳法踢法的出腿轨迹

OD：直拳、前踢、推踢　OA、OC：侧踢　CD、AD：横踢、摆拳、平钩拳　OB：后踢　EBAD：后旋踢、转身鞭拳

图2–3–4

（4）长短劲：根据自己与对方距离的远近，以及身体正面与侧面角度,我方可以决定运用长劲还是短劲。例如，后手直拳在距离合适时，可打长直拳，运用长劲；在距离太近时,可用短直拳,运用短劲。在时机合适时，还可以用掷放劲。

过度兴奋与过度消极都不利于抓住进攻时机，所以要在心态上争取达到中间型,即不太兴奋,也不太消极，所有时机都是自己积极调动对手主动创造出来的。(图2–3–4)

2.跆拳道形意拳

（1）起势

图2–3–5

1）轻步站：动作来自太极一章。(图2–3–5)

图2–3–6

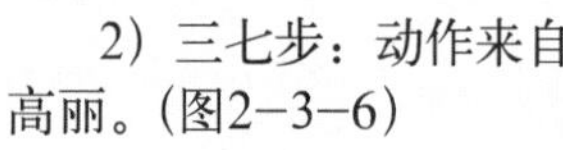
2）三七步：动作来自高丽。(图2–3–6)

（2）跆拳道十大象形动作：跆拳道形意拳动作的行进路线为直线，每个动作一连打十几次，再打着返回。以下动作应左右对称练习，如果有多个动作的，可重点选择一个进行练习，也可全练。注意要坚持意守丹田、假想有敌、守中用中的原则。

1）虎形：虎为兽中之王，生性凶狠，来势汹汹。要取其后脚的蹬地、伸展腰部、出掌的动作，有饿虎扑食般狠毒的意念。(图2-3-7)

图2-3-7

金刚，左弓步左虎爪前击；右弓步右虎爪前击。(图2-3-8)

图2-3-8

十进，左弓步双掌推出，上右脚成右弓步双掌推出。(图2-3-9)

图2-3-9

2）熊形：看似笨拙的熊力大无比，其掌拍击动作的力度能碎石断树。要取其动作沉稳、出招时两膀松沉、发劲透彻的特点，要练就熊一样厚实的肩膀。（图2–3–10）

图2–3–10

金刚，抬右脚，身体左转，做马步山形架挡动作，右脚脚尖先外翻再突然内扣，震脚落地，意念使劲跺对手脚背；上左脚，身体右转180°，做马步山形架挡动作。（图2–3–11～12）

图2–3–11

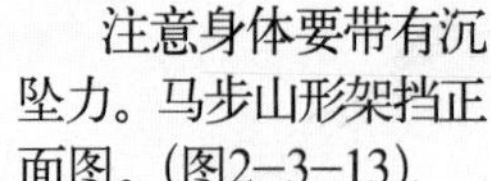

注意身体要带有沉坠力。马步山形架挡正面图。（图2–3–13）

图2–3–13

图2–3–12

图2−3−14

3）鹰形：鹰从天俯冲直下的动作十分迅速，捉拿猎物准而狠，爪如钢钩。要学其准而狠的抓、拿、撕、拧的掌指功夫。(图2−3−14)

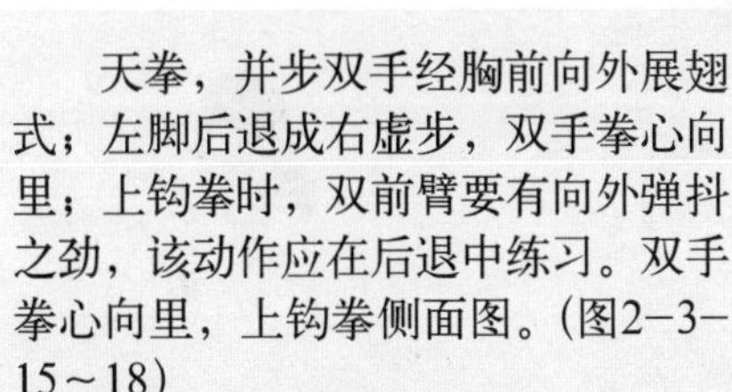

天拳，并步双手经胸前向外展翅式；左脚后退成右虚步，双手拳心向里；上钩拳时，双前臂要有向外弹抖之劲，该动作应在后退中练习。双手拳心向里，上钩拳侧面图。(图2−3−15～18)

图2−3−15

图2−3−16

图2−3−17

图2−3−18

太白，左弓步左手上挡，右手外勾；上右脚成右弓步，左冲拳，右手上挡，左手外勾；上左脚成左弓步，右冲拳。(图2−3−19～20)

图2−3−19

图2−3−20

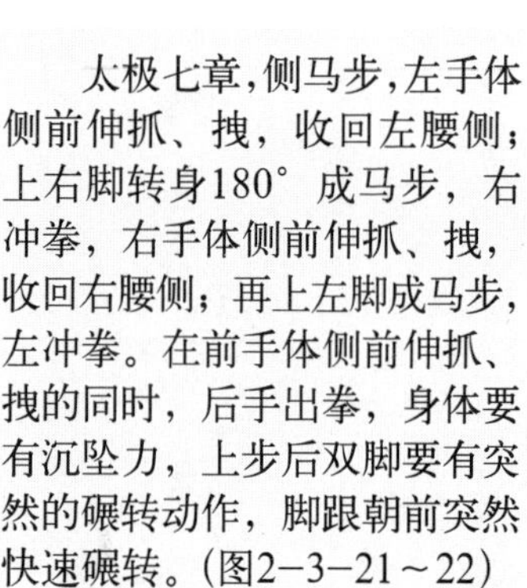

图2−3−21

太极七章，侧马步，左手体侧前伸抓、拽，收回左腰侧；上右脚转身180° 成马步，右冲拳，右手体侧前伸抓、拽，收回右腰侧；再上左脚成马步，左冲拳。在前手体侧前伸抓、拽的同时，后手出拳，身体要有沉坠力，上步后双脚要有突然的碾转动作，脚跟朝前突然快速碾转。(图2−3−21～22)

图2−3−22

图2-3-23

4）蛇形：蛇有拨草之能，身体节节贯通，首尾相应，腰身灵活，在草丛里行走十分迅速。要学其乘隙而入的特点。(图2-3-23)

平原，右三七步，双手划弧下挡；上左脚成左三七步；双手划弧下挡。(图2-3-24)

图2-3-24

太极六章，左弓步右手刀外挡；上右脚右弓步，左手刀外挡。(图2-3-25～26)

图2-3-25

图2-3-26

图2–3–27

高丽，右弓步，右手刀砍颈再下挡；上左脚成左弓步，左手刀砍颈再下挡。(图2–3–27)

图2–3–28

5）马形：马有踏蹄之功，在跑得极快时，四蹄生风，沾地而起，收回后蹄能超过前蹄，展开前后腿能伸平。要学其周身协调及爆发力。(图2–3–28)

图2-3-29

太极七章，双手前伸意在下拉其颈部，左膝正顶，落地后右脚后交叉步，双手上钩拳，齐击对手腹部，恢复成三七步；折返后，练习右膝正顶，接双手上钩拳。（图2-3-29）

在品势八卦中，有与心意六合拳马形十分类似踢的动作。

图2-3-30

6）牛形：牛的脾气很倔强，不肯轻易就范，斗牛时牛头上牛角挑顶的动作十分有力，以对付攻击自己头部对手。要学其上挺之劲，两前臂像牛角一样进行挑、挡。(图2-3-30)

十进，并步，双手慢速提至胸前，再用力成“黄牛挡”，上一步、并步，再重复该动作。（图2-3-31）

图2-3-31

注意锻炼颈部肌肉突然紧张的程度与顶劲。

图2-3-32

7）鸡形：鸡有争斗之勇。鸡在扑打中有扇动翅膀，起腿蹬踩的动作。(图2-3-32)

太白，左虚步，双手刀下分挡，右前踢，前走一步，重复该动作。折返后，练右虚步，双手刀下分挡，左前踢。(图2–3–33)

图2–3–33

图2–3–34

8）鹤形：鹤有悠然自得，仙风道骨的风度。要取其白鹤晾翅般的冷静，处惊不乱，看准空当猛力一击的心理素质。（图2–3–34）

一如，右脚向前跳成独立步，左脚贴靠于右膝窝处，同时右手指尖前刺。(图2–3–35)

图2–3–35

9）鹞形：鹞在飞行中速度快、动作猛，能快速翻身，侧身入林。身转步进，双手随身变化，交替进攻。(图2–3–36)

图2–3–36

太白，左弓步左手上挡，右手刀砍颈；上右脚成右弓步右手上挡，左手刀砍颈。(图2–3–37)

图2–3–37

10）狮形：狮子静立时不怒自卫，它的微笑不能误解为友善，而是在冷静地观察对手的一举一动，随时会扑过来咬断对手的喉咙。防守格挡时，要学其外示和善，内藏杀机，在沉稳冷静中等待出击机会的气度。(图2–3–38)

图2–3–38

图2–3–39

太极七章，弓步剪式格挡。(图2–3–39)注意在连续上步时，身体要有沉坠力。

三 善其事——塑身减压

Shan Qi Shi Su Shen Jian Ya

（一）武道跆拳道基本动作

1.基本姿势与站位

（1）基本实战姿势

动作规格：两脚前后分开与肩同宽，左脚尖内扣约45°斜向前方，右脚脚跟抬起，左右脚不在同一直线上，右脚略偏右，身体重心落于两脚之间；上体自然直立，呈约45°斜向右前方，双手握拳，拳心相对，左拳高，与左肩平，右拳置于胸前正中线，高同左拳；肘关节自然下垂，两臂弯曲置于胸前。（图3–1–1）

侧面图（图3–1–2）。

动作要领：全身感觉自然、舒适、轻松,肌肉放松，双眼专注，细察全身；两脚跟稍微离地抬起，踝关节、膝关节要富于弹性。

图3–1–1

图3–1–2

图3－1－3

（2）侧向实战姿势

动作规格：身体侧向前方，前后脚在一条直线上，头略左转，上体自然直立，膝、踝关节富于弹性，两拳拳心相对置于胸前。(图3－1－3)

动作要领：身体完全侧向，尽可能地缩小受击面积，注意右肘尖、右前臂的位置，勿使肘部抬起离开身体；两脚处于一直线上，使身体处于最有利于启动的状态。

图3－1－4

（3）低位实战姿势

动作规格：重心降低，双膝弯曲，左脚跟内侧对准右脚弓内侧,呈丁字形,两脚分开距离宽于肩(两脚分开距离比侧向实战姿势要稍宽),右脚位于两者之间，使其处于最有利的攻击状态。(图3－1－4)

动作要领：低位实战姿势由前两种实战姿势演变而来，左脚可以快速前滑小半步，右脚也可以突然后滑小半步，或者双脚同时轻轻一跳，稍微分开，使重心降低，怎样动脚，取决于与对方的距离：是使其后移，还是分散其注意力，准备直接进攻。

（4）个性化实战姿势：根据个人的身体特点、技术特点、心理特点，选择有个性特点、外形各异的实战姿势。初学者不能过早模仿一些著名高水平跆拳道运动员的实战姿势，而应该扎扎实实地遵循技术发展规律，从基本功练起，功到自然成，否则会画虎不成反成猫。

与对手相关站位：左脚在前称为左势，右脚在前称为右势。学员两人相对而立，一人右脚向后移成左势，另一人左脚往后移成右势，即形成开式站位，或右势对左势也形成开式站位(图3–1–5）。

图3–1–5

左势对左势，右势对右势称之为闭式站位(图3–1–6)。

图3–1–6

训练开式或闭式可进行步法移动配对练习。训练时，不能因为习惯于出右腿，而始终以左势站立，并喜欢同左势的人实战。因为，在比赛中，都有可能遭遇各种技术风格、各种水平的对手，故须重视左势与右势的均衡发展。在比赛陷入对峙，双方都无法突破对方防线时，突然的换势会取得主动，有时能打开进攻的缺口，扰乱对方的思路，但也可能因突然换势，立足未稳之际突遭袭击。

2.基本步法与组合步法

（1）基本步法

1）前滑步

动作规格：保持基本姿势，右脚掌蹬地发力，左脚掌轻擦地面向前滑行10～20厘米，右脚随即跟上相同的距离。(图3−1−7)

动作要领：双脚前滑有加速度、突发性，滑步后保持平衡，处于一种弹性状态；左脚前滑，后脚跟进，动作先左脚后右脚；双脚位移距离一致，滑步后两脚间距仍与肩同宽。

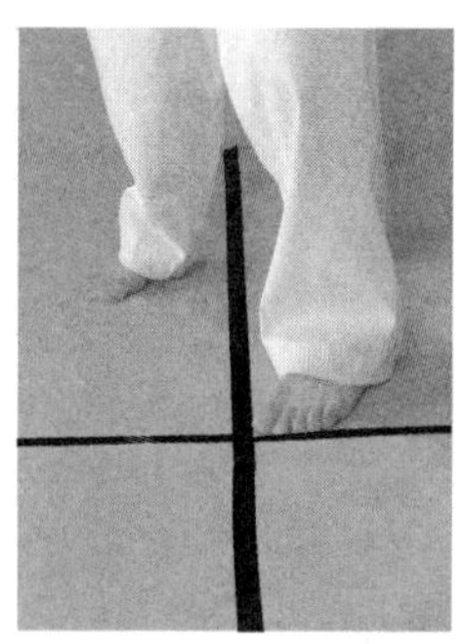

图3−1−7

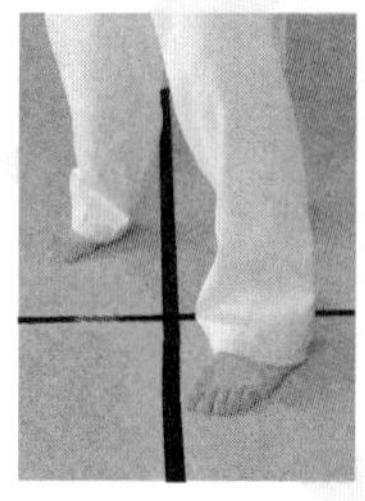

2）后滑步

动作规格：保持基本姿势，左脚掌用力蹬地，右脚掌向后滑动10～20厘米，左脚掌后滑同等的距离。（图3-1-8）

动作要领：双脚后滑有加速度、突发性,滑步后保持平衡，处于有利启动状态；先动右脚，再跟左脚，动作先右脚后左脚；双脚位移距离一致，后滑步后两脚间距仍与肩同宽。

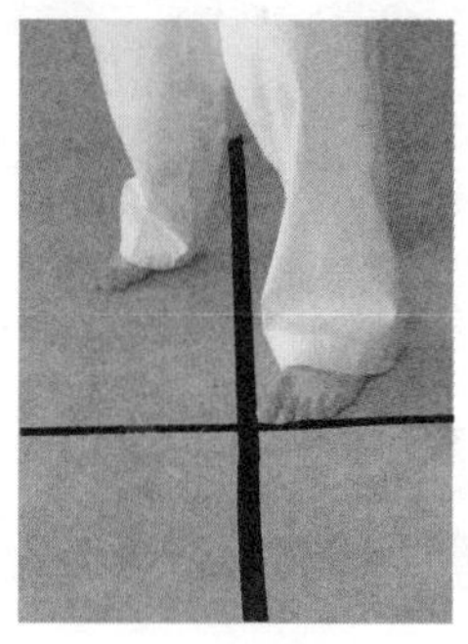

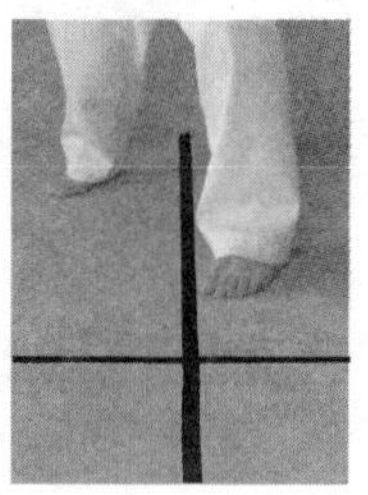

图3-1-8

3）左滑步

动作规格：保持基本姿势，左脚向左水平滑动10～20厘米，右脚迅速跟着左滑10～20厘米。（图3-1-9）

动作要领：先移动左脚，后跟右脚；左脚与正前方呈90°侧向横移，右脚跟着平滑相同的距离。

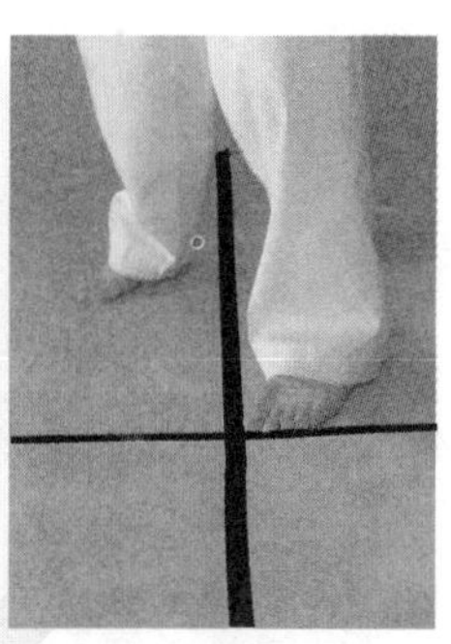

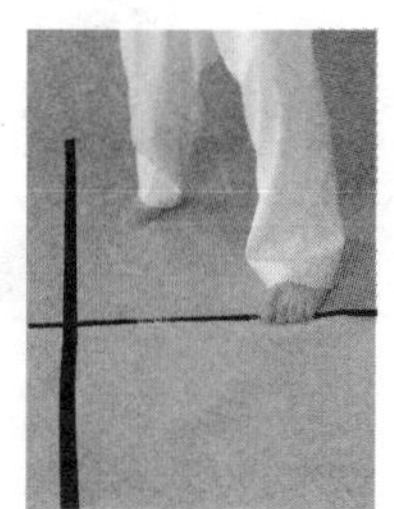

图3-1-9

4）右滑步

动作规格：保持基本姿势，右脚向右水平滑动10～20厘米，左脚迅速跟着右滑10～20厘米。（图3－1－10）

动作要领：先移动右脚，后跟左脚；右脚与正前方呈90°侧向横移，左脚跟着平滑相同的距离。

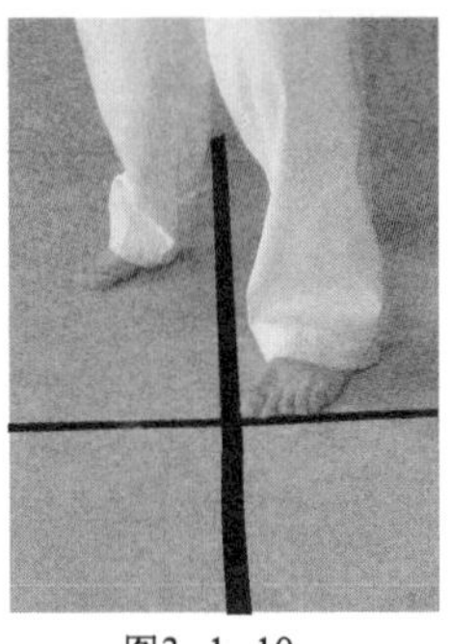
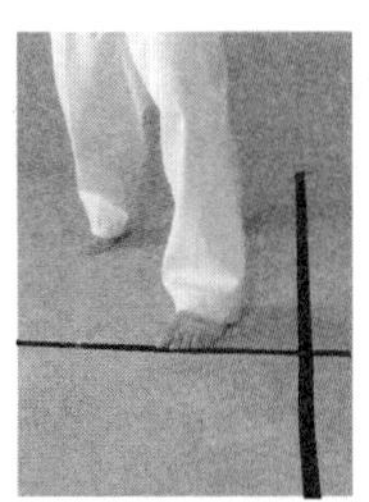

图3－1－10

5）上步

动作规格：保持基本姿势，以左脚掌为轴，右脚沿直线离地2～3厘米，向左脚前方迈一步，左脚掌自然转动90°上步成右势。（图3－1－11）

动作要领：左脚脚跟要抬起，以左脚掌为转动轴；上步时右膝关节内侧贴近左大腿内侧，走直线，不走弧线，不拖地；上右脚后两脚间距仍与肩同宽。

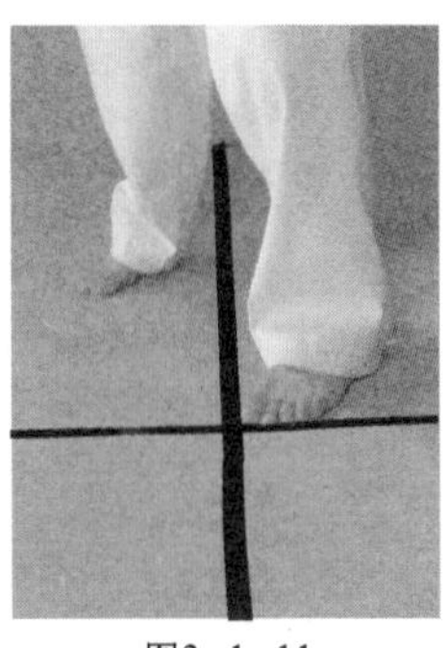
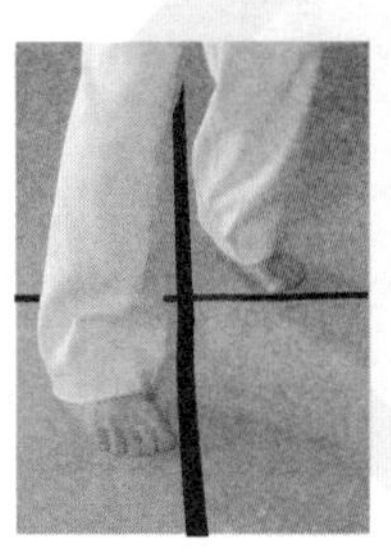

图3－1－11

6）撤步

动作规格：保持基本姿势，以右脚掌为轴，右脚跟向外拧转约90°，左脚沿直线后撤一步，与肩同宽，呈右脚在前姿势。（图3-1-12）

动作要领：借助左脚蹬地的反弹力迅速转体，后撤左脚；左脚落地后两脚间距仍与肩同宽。

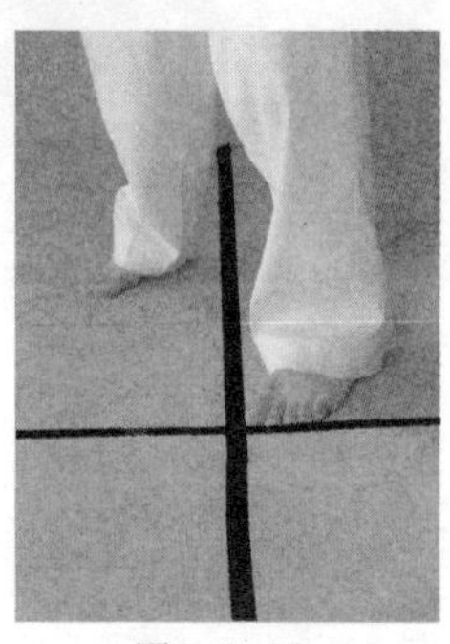

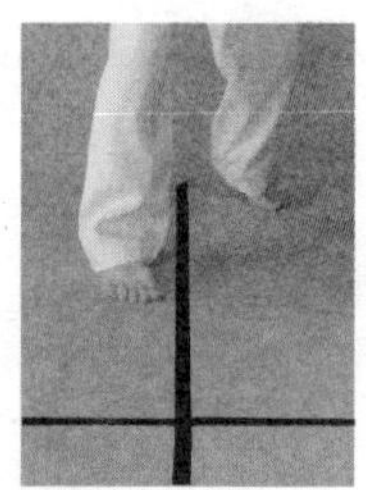

图3-1-12

7）跳换步

动作规格：保持基本姿势，双脚同时轻轻蹬地，身体有轻微腾空感，双脚沿直线或小弧线作前后交换，落地成右脚在前，左脚在后的姿势。（图3-1-13）

动作要领：脚动作要迅速，重心起伏不可过大；直线交换左右脚。

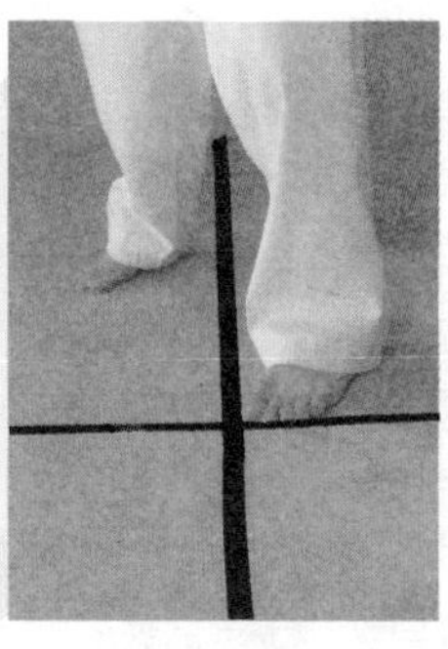

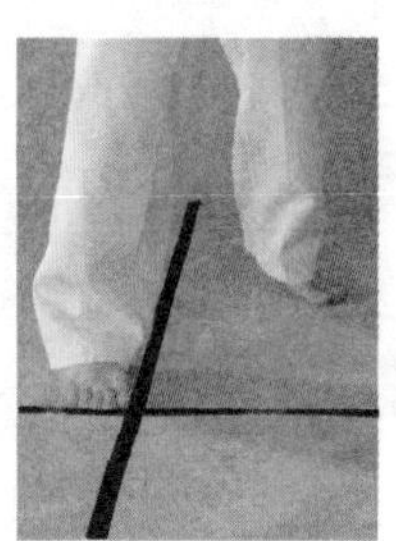

图3-1-13

8）环绕步

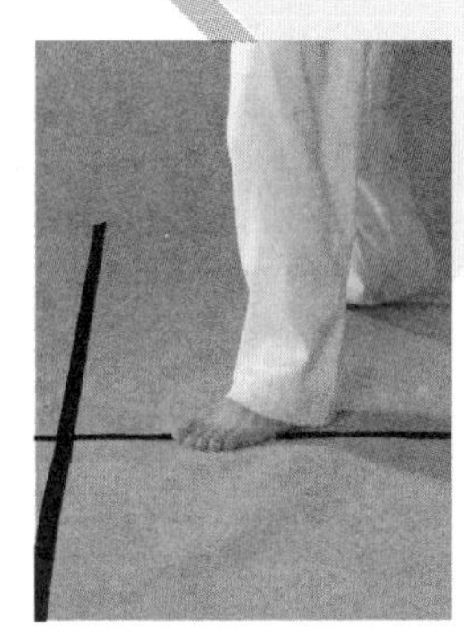
图3－1－14

动作规格：保持基本姿势，以左脚掌为转动轴，左脚跟转动45°左右，右脚以肩宽长度为半径，向左划一弧线，上体迅速向左侧转；右环绕步以左脚掌为转动轴，右脚向右划一弧线，上体迅速向右侧转。（图3－1－14）

动作要领：以左脚掌为轴转动时，应快速、敏捷；右脚转动后应不失平衡，两脚间距仍与肩同宽，始终侧身朝向对手。

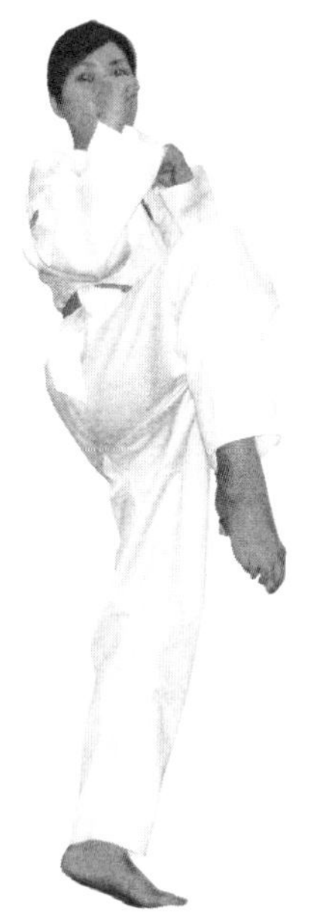
图3－1－15

（2）组合步法

1）换跳步+斜弧步（跳弧步）

动作说明：保持基本姿势，左脚向右脚内侧后跳一步，同时右膝迅速上提，左脚落于右脚起始位置附近，以左脚掌轻擦地面，向右斜后划一小弧，身体略后仰，向前送髋。图为右膝停留在空中的独立步。（图3－1－15）

动作要领：换跳步的同时出弧形步。左脚同右脚的交换有爆发力，使右膝上提向前时有猛撞的感觉；左脚掌划弧时身体有一种边旋边出右腿的过程；上体后仰有突发性，一定要边滑边转身，轻快地跳到一边。

2）前滑步+后滑步

动作说明：保持基本姿势，突然前滑步，借助地面反弹力又立即后滑步。（图3–1–16）

动作要领：前滑步变后滑步要有突发性。

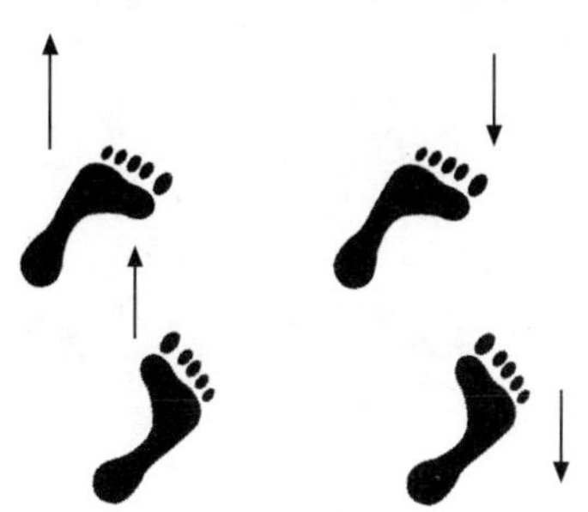

图3–1–16

3）撤步+上步

动作说明：保持基本姿势，左脚后撤一步，呈右势站立，左脚掌刚一落地,即利用地面反弹力上步回到原来位置。(图3–1–17)

动作要领：后撤步幅度不可过大。

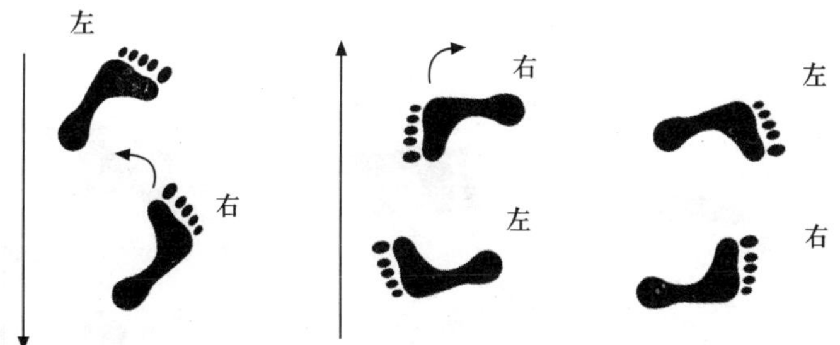

图3–1–17

4）上步+转身上步

动作说明：保持基本姿势，右脚向左脚前方上一步，同时身体以右脚掌为轴，转向180°，上左脚一步，呈左势站立。（图3-1-18）

动作要领：转身上步勿失重心，双眼迅速找到目标，恢复基本姿势要快。

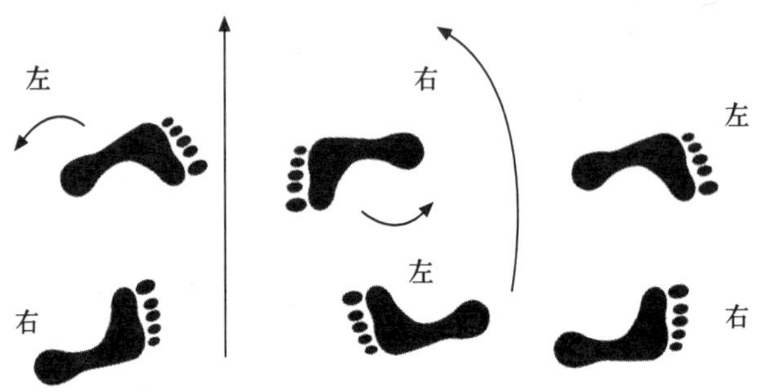

图3-1-18

5）上步+斜后滑步+上步+斜后滑步

动作说明：保持基本姿势，右脚迅速向前上一步，脚尖一点地，即用力后蹬地，左脚向左后方约45°方向斜后滑步；上动不停，左脚刚一着地，立即用力蹬地，向前上步，落地后右脚向右后方约45°方向斜后滑步。（图3-1-19）

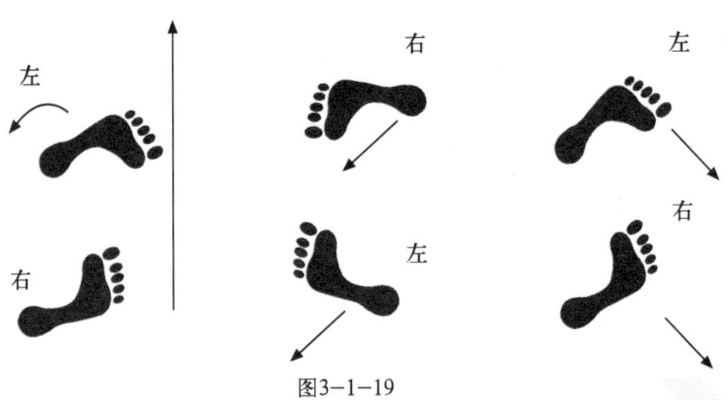

图3-1-19

以上组合步法在跆拳道比赛中经常运用。根据实战情况还有很多种组合步法。同基本步法一样，仅以左势为例。如果左右势的基本步法、组合步法有机地交替运用，可以变化莫测，给对手以极大的威胁，使你处于有利的位置，在比赛中取得主动权。

3.基本踢法与拳法

（1）前踢（Ahp-chagi）

动作规格：保持基本姿势，右脚蹬地屈膝提起，送髋、顶髋，小腿快速向前踢出，高与腰平，迅速放松弹回，成折叠状，脚轻轻落下，恢复成基本姿势。(图3－1－20)

动作要领：大小腿折叠充分，上提右膝时右膝内侧贴近左大腿内侧，小腿、踝关节放松，有弹性；髋往前送，上体后仰，送髋时右膝以向前撞的意图带动出腿；小腿收回时仍有以膝关节为支点自然弹回的过程，弹回速度与踢出速度一样快。

图3－1－20

（2）下劈（Naeryo-chagi）

动作规格：保持基本姿势，右脚蹬地启动，重心稍前移，右脚尽量上举至头部上方，放松下落，上体保持直立，以脚掌击打目标，轻轻落地，恢复成基本姿势。(图3－1－21)

动作要领：右腿尽量向高后举，重心往高起；保持上体直立，脚放松下落，至对手头部位置时产生向下鞭打的加速度，踝关节放松；落地要不失平衡，力量要有控制；全身要柔软、放松。

图3－1－21

图3–1–22

(3) 横踢（Dollyo-chagi）

动作规格：保持基本姿势，右脚掌蹬地，大小腿折叠向上向前提膝，以左脚掌为轴拧转180°，右膝关节向前抬至水平状态，小腿快速向前踢出，击打目标后迅速放松，收回小腿，重心前移落下，恢复成基本姿势。(图3–1–22)

动作要领：大小腿折叠，膝关节夹紧，直线上提膝；支撑脚跟稍离地，以前脚掌为轴，向外旋转180°；髋关节往前顺，身体与大小腿成直线，大腿根与身体没有夹角；踝关节处于自然松垂状态，出腿前不要绷紧脚背；以正脚背为击打的力点，击打感觉就像鞭子抽打，即“鞭梢”。

（4）侧踢 （YuP-chagi）

动作规格：保持基本姿势，右脚蹬地起腿，屈膝上提，左脚以脚掌为轴外旋180°，脚跟正对前方，右腿快速向右前方直线踢出,力点在脚跟,收腿、放松，重心向前落下，恢复成基本姿势。(图3−1−23)

动作要领：起腿后大小腿折叠，膝关节夹紧；转动左脚跟与右腿由屈到伸，发力协调，不得停顿；头、肩、腰、髋、膝、腿、踝成一条直线；大小腿直线踢出，直线收回。

图3−1−23

图3-1-24

(5) 后踢（Dui-chagi）

动作规格：保持基本姿势，左脚以脚掌为轴内旋成脚跟正对对手，上身旋转，右膝向腹部靠近，大小腿折叠，右腿用力向攻击目标直线踢出，重心前移落下成右势站立。（图3-1-24）

动作要领：起腿后，上身与大小腿折叠成一团；踢出时力量延伸，直线发力；上体不能过分向下，重心向攻击方向移动，控制右侧腰部不跟着旋转；击打目标在正前方稍偏右；收回小腿时不能旋转，以免暴露出空当。

(6) 推踢 (Mirro-chagi)

动作规格：保持基本姿势，右脚蹬地屈膝提起，左脚以脚掌为轴外旋约90°，重心往前压，右脚向右前方直线踢出，力点在脚掌，重心往前落下，迅速恢复成基本姿势。(图3－1－25)

图3－1－25

动作要领：提膝后使大小腿折叠、收紧；重心往前移；踢出路线水平往前，送髋，力量延伸；接近目标时突然发力，勿发力过早，以免造成往下"踩"。

（7）摆踢（Hoorgo-chagi）

动作规格：保持基本姿势，右脚蹬地屈膝提起，左脚以脚掌为轴外旋180°，右脚从左前方伸出，用力向右侧水平鞭打，重心往前落下，恢复成基本姿势。（图3-1-26）

图3-1-26

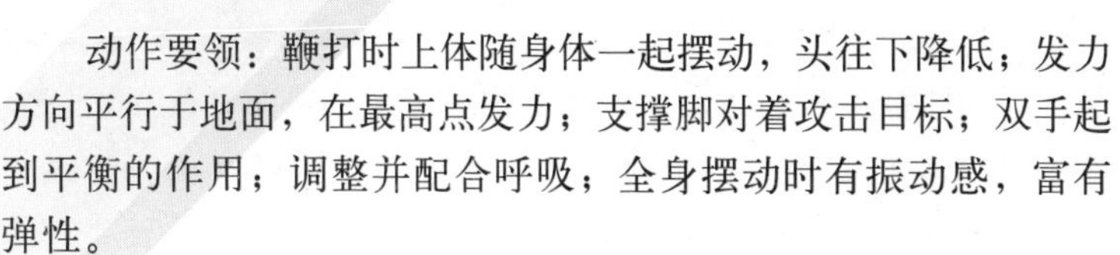

动作要领：鞭打时上体随身体一起摆动，头往下降低；发力方向平行于地面，在最高点发力；支撑脚对着攻击目标；双手起到平衡的作用；调整并配合呼吸；全身摆动时有振动感，富有弹性。

(8) 后旋踢（Dui-hooryo-chagi）

动作规格：保持基本姿势，左脚以脚掌为轴内旋约90°，上身旋转，重心前移至左脚，屈膝收腿，右腿向右后方伸出并用力向右屈膝鞭打，重心在原地旋转，身体继续转动，脚落于原来位置，恢复成基本姿势。(图3-1-27)

图3-1-27

动作要领：转身、旋转、踢腿、收腿，动作要连贯，一气呵成，中间不能停顿；击打点应位于正前方，呈水平弧线发力；屈膝起腿的旋转速度更快，幅度更小；在原地旋转360°，身体以左脚掌为轴旋转一周。

(9) 基本拳法——直拳(Jiyugi)

动作规格：保持基本姿势，右脚蹬地，向左猛烈转腰，左脚掌向前滑动约10厘米，左手前臂左大腿外侧切档，右肩前送，右拳快速击出，力达拳面，高与胸平，击后迅速恢复成基本姿势。(图3-1-28)

图3-1-28

动作要领：充分利用蹬地、转髋、转腰、送肩的合力，有突然关门似的感觉；出拳前全身放松，击打的瞬间肩、肘、指各关节紧张用力；边打边拧转拳面，接触目标时拳背与手腕成一直线，拳面平整，拳心向下；为了击中对手身体中部，使力量充分渗透，右脚可在出拳的同时向右侧滑半步。

跆拳道比赛中的拳法只有直拳，一般用拳击打不计分，用拳的目的在于破坏对手的进攻节奏，遏制对手的攻势，破坏对手的身体平衡，或向其施加精神压力。一般在对手以横踢进攻我方腰腹部时，可用前手格挡，同时以后手直拳反击；也可根据对手身体的姿势，右脚在出拳时往右侧滑半步，使力量的穿透方向与对手的身体正面尽量垂直，增加击打的破坏力。

4.难度踢法

图3-1-29

（1）双飞踢

动作规格：基本姿势站立，右脚蹬地起跳，左横踢击肋，身体处于腾空状态，左腿大小腿稍曲，猛烈转腰，右横踢击肋，落地成基本姿势。(图3-1-29)

动作要领：身体不要后仰；摆臂助力。

（2）腾空后踢

动作规格：保持基本姿势，左脚掌为轴，脚跟向前旋转45°左右成正对前方，左脚蹬地，右膝正提，靠近胸腹部，快速向后踢出，重心前移落下成右势站立。(图3－1－30)

动作要领：转身、腾空、提膝、出腿一气呵成，不能有停顿；控制右侧腰部，勿使跟着出腿、旋转，边旋边踢，应该直线出腿，力达脚跟或脚掌；掌握好距离。

图3－1－30

图3-1-31

（3）旋风踢

动作规格：保持基本姿势，右脚上步成右势，以右脚掌为转动轴，脚跟向前转动一周，左脚屈膝上提，随身体转至正对前方时，右脚蹬地跳起右横踢，左右脚依次落地。(图3-1-31)

动作要领：身体重心随身体的转动往上“飘”，身体沿纵轴方向旋转；双手向右后甩动增加转动速度，但勿产生预动，应同身体协调、同步发力；右脚起到瞄准器的作用，应对准攻击目标，若未对准即提前出左横踢，则横踢的半径过大，不能命中；身体旋转速度要快，转动后眼睛应迅速找到目标；上体不能过分后仰。

（4）腾空后旋踢

动作规格：保持基本姿势，左脚蹬地，身体边向前旋转边提右膝，上体突然往外倾斜，右脚向对手头部划弧，在最高点以右脚掌抽击；旋转一圈，落于原处，恢复成基本姿势。(图3－1－32)

图3－1－32

动作要领：在右小腿用力向右屈膝鞭打时，应使击打点在正前方；重心在原地旋转360°；踢击时头朝远离目标方向，向外猛地甩动，以增加右脚攻击力量；落地后迅速恢复成基本姿势。

（二）练拳脚减肥塑身

1.减肥拳脚功

多参加运动和平衡膳食是预防和消除肥胖的主要途径。此外，通过拳脚训练也能达到减肥的目的。

（1）体能训练减肥：通过参加道馆的完整训练课和专项准备活动，来消耗体内多余能量。训练课中的踢腿、踢靶、脚步移动、实战等等，都会起到消耗多余能量的作用，要认真对待。

（2）重点部位减肥：通过反复练习跆拳道的基本踢法，可达到对腰部、臀部、腿部减肥的效果。

2.瘦腰美臀拳脚功

（1）瘦腰拳脚功

1）仰卧起坐。(图3－2－1)

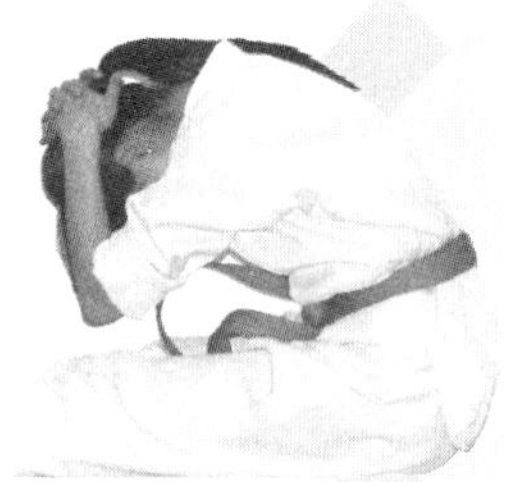

图3－2－1

2）仰卧举腿。(图3—2—2)

图3—2—2

3）俯卧背屈伸。(图3—2—3)

图3—2—3

4）侧卧收举上体。(图3−2−4)

图3−2−4

5）保持基本实战姿势下反复练习侧踢动作。(图3−2−5)

图3−2−5

6）横踢控腿。(图3-2-6)

图3-2-6

7）行进间连续双飞转髋。(图3-2-7)

图3-2-7

8）喊叫：在每次出腿、出拳时都要大吼一声，使腹肌突然收缩，不但可锻炼到平时不易使用的腰腹肌，使之逐渐显示出肌肉的线条与轮廓，还能提高抗击打能力。

9）卧姿出腿

①前踢

预备式：仰卧，双手叉腰支撑上体，前臂外侧、肘部着地，右脚顺左腿内侧屈膝上提。注意踝关节自然放松，勿绷脚背。(图3–2–8)

图3–2–8

右腿伸直，绷直脚背踢出。踢完恢复到预备式。(图3–2–9)

图3–2–9

10次一组，踢完一组换左脚练习。仰卧时双腿伸直，提起膝部为口令为1，小腿弹打，伸直腿部为2，收回小腿成屈膝状态为3，落下伸直腿部成双腿并拢为4。1、2、3、4分解练习算一次。为了锻炼控腿能力，在练2的时候，让腿停留在空中数秒。

②推踢

预备式：仰卧，两手臂体后支撑，上体抬起，双脚并拢；右腿屈膝上提，使脚掌心斜向上。(图3−2−10)

图3−2−10

右大腿催力，使小腿前伸，快伸直时突然加速发力，力达前脚掌。(图3−2−11)

收回右脚，大小腿折叠，落于地上，伸直同左腿靠拢。

10次一组，练完一组换左脚练习。

图3−2−11

③横踢

预备式：侧卧，左侧在地，双腿并拢，双手体前撑地；提起右膝。(图3—2—12)

图3—2—12

大小腿折叠，屈膝后拉，以腰发力，快速向前挺膝猛弹，力达正脚背。(图3—2—13)

大小腿折叠，收回小腿，落下，恢复成预备式。

口令：提、踢、收、落，分1、2、3、4四个节拍反复练习，为加强控腿能力，可在练3的时候停顿10秒。

经过以上练习后，可以进入从基本姿势开始的踢法练习。

图3—2—13

④侧踢

预备式：侧卧，左侧着地，双腿并拢，双手体前撑地；提起右膝，大小腿折叠，脚掌对着攻击方向。(图3–2–14)

图3–2–14

快速拧臀、挺髋、伸膝、踹踢，力达脚跟，目视攻击方向。(图3–2–15)

收回小腿；顺着左腿内侧下落右脚，恢复成预备式。

口令：提、踢、收、落，分1、2、3、4四个节拍反复练习，为加强控腿能力，在练3的时候可停顿10秒。

10次一组，练完一组换左脚练习。

图3–2–15

（2）美臀拳脚功

1）训练正踢腿(图3−2−16)、侧踢腿(图3−2−17)、后踢腿(图3−2−18)。10次为一组，两腿交换重复练习，共练10组。

图3−2−16

图3−2−17

图3−2−18

2）训练跪姿后踢。该动作还可提高性功能。10次为一组，两腿交换重复练，共练10组。(图3–2–19)

图3–2–19

3）训练原地弓步跳换。10次为一组，两腿交换重复练，共练10组。(图3–2–20)

图3–2–20

4）训练摆踢。10次为一组，两腿交换重复练，共练10组。（图3–2–21）

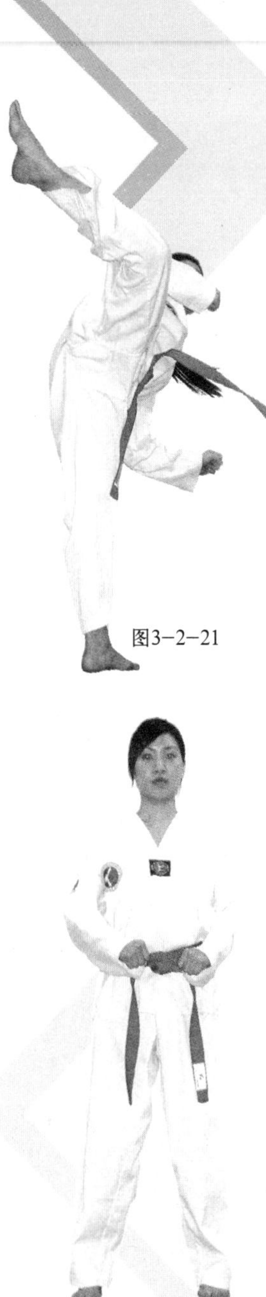

图3–2–21

5）训练后旋踢。10次为一组，两腿交换重复练，共练10组。（图3–2–22）

图3–2–22

3.塑身拳脚功

（1）矫正斜背、驼背

1）练习跆拳道的起势、收势，10次一组，重复练习，共练10组。（图3–2–23）

图3–2–23

2）练习金刚中的山形架挡，10次一组，重复练习，共练10组。（图3–2–24）

图3–2–24

图3–2–25

3）练习“推大石”势，10次一组，重复练习，共练10组。（图3–2–25）

练习跆拳道品势十进中的“推大石”动作，能使脊柱两侧的肌肉韧带群得到重新拉长、修整。

4）背靠墙立正

①练习背靠墙：背靠墙站立，双肩平而后展，脚跟与后脑、臀部尽可能贴着墙壁，可以起到简单有效的矫正斜背、驼背的作用，保持姿势，持续5分钟。(图3－2－26)

图3－2－26

②练习背后手后撑：并步站立，挺胸收腹，双臂与肩同宽向后伸直、后撑，手心向后，手指与手背尽力内收，保持姿势，持续5分钟。(图3－2－27)

图3－2－27

（2）**塑造腿部线条**：跆拳道许多动作与快速踢腿有关，只要坚持锻炼自然能练出修长挺拔的腿部。不必担心踢腿会使腿变得更粗，因为跆拳道的腿法注重快速、连续的进攻，不会造成大块肌肉过分发达。

1）练习压腿。10次为一组，两腿交换练，共练三组。（图3-2-28）

图3-2-28

图3-2-29

2）练习行进间踢腿。10次为一组，两腿交换练，共练三组。（图3-2-29）

3）练习控腿。10次为一组，两腿交换练，共练三组。(图3-2-30)

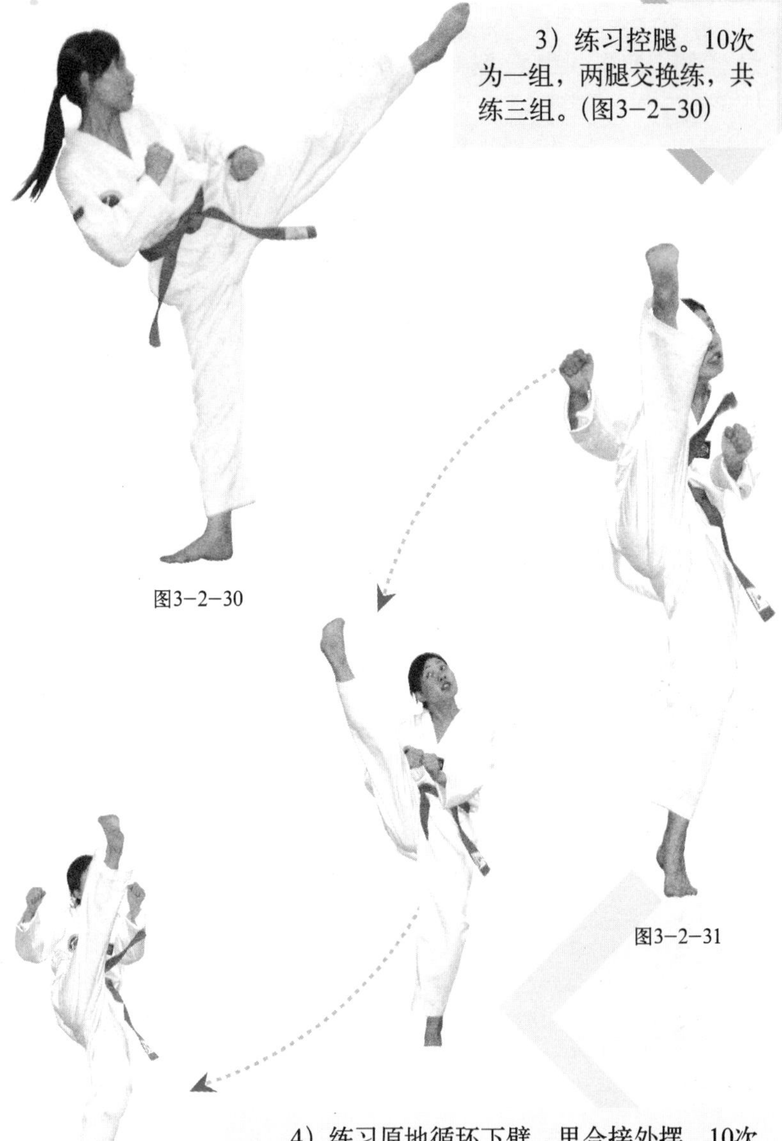

图3-2-30

图3-2-31

4）练习原地循环下劈、里合接外摆。10次为一组，两腿交换练，共练三组。(图3-2-31)

（三）练拳脚舒经减压

1.练拳脚舒经活络

通过“内外兼修”的跆拳道健身运动，内练气，外练力，伸展肌肉，活动关节，使其粘连挛缩的软组织得以松弛，达到舒经活络，增强体质、运动康复的疗效。

（1）初级功法

1）耸肩：站立或坐在椅子上，深深吸气，双肩尽量抬高，然后将双肩放下同时呼气，重复4次。(图3-3-1)

图3-3-1

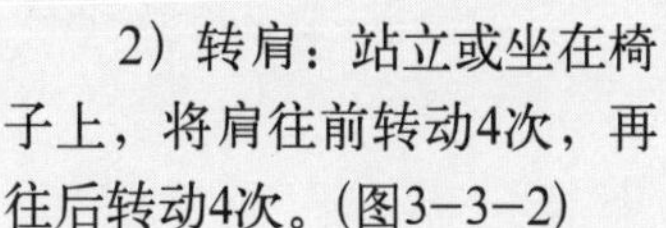

2）转肩：站立或坐在椅子上，将肩往前转动4次，再往后转动4次。(图3-3-2)

图3-3-2

图3-3-3

3）伸展颈部：站立或坐在椅子上，颈部尽可能往左靠，使左耳和左肩相接触，保持5秒钟；换方向再做；将颈部向前压，下巴贴胸，保持5秒钟；重复2遍。(图3-3-3)

4）弯曲腿足：坐在椅子上或地上，双脚前伸，让脚趾向前绷3秒钟，然后让脚趾尽量往后弯，指向自己3秒钟；重复做4次。(图3-3-4)

最后，脚踝以顺时针与逆时针方向转动，使脚趾画圆圈。

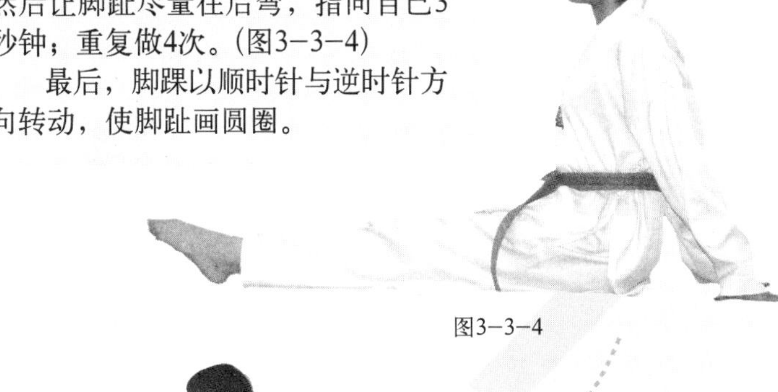

图3-3-4

5）放松后背：将右膝靠胸，使足部悬空，保持10秒钟；换腿练习。双腿同时保持10秒钟。(图3–3–5)

图3–3–5

图3–3–6

图3–3–7

6）伸展全身：站立，弯腰，双手触摸脚趾；站直，双手手指交叉手心向上伸展，超越头部后向右边与左边伸展。（图3–3–6~7）

(2) 中级功法

1）抖手：马步，曲臂，双手手腕放松地置于下额边，向前快速、放松地抖、弹、摔手掌，可听到手指间碰撞发出的声音。(图3–3–8)

图3–3–8

图3–3–9

2）花郎举鼎：马步，双手掌心向上，双臂成环形上举，高过头；抬头，眼睛从虎口处往最远处看。(图3–3–9)

图3–3–10

3）揣裆：马步，双拳拳心向里上冲至自己鼻梁高度，翻转手腕，使拳心朝外，双拳直线下揣与裆前，注意双手臂弧形圆撑。(图3–3–10)

4）双劈手：开立步，双手手心向下，上举至头顶十字交叉，快速有力地外分，手腕翻转，使手心向上，尽量舒展整条手臂，自然下落，拍击自己臀部与大腿结合处。(图3-3-11)

注意手心尽量朝自己身体两侧(手臂与大腿外侧)撞击时，头突然上拔，下颚突然内收，整个人有上蹿之感。

图3-3-11

5）点穴转腰：双手叉腰，大拇指扣住腰眼穴，先尽量后仰，接着沿水平面转腰。(图3-3-12)

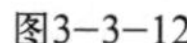
图3-3-12

图3−3−13

6）抱球蹲起：开立步站立，双手成抱球状，缓缓蹲下再缓缓起立。(图3−3−13)

此动作可起到用全身血液进行洗髓，冲走肌体内疲劳物质的功效，但不宜多做。

2.练拳脚宣泄精神压力

（1）吐纳呼吸，闭目养神： 感到压力沉重时，最简单快捷的方法就是深呼吸，紧闭双眼，深深地吸一口气，闭气两三秒，再微微张开嘴巴，缓缓吐气，并张开眼睛，如果咽喉疼痛，可以张大嘴，把舌头尽量往外伸出，并哈气，过一会再收回。如此反复做数次，心情自然就会平静下来。(图3−3−14)

图3−3−14

(2) 吼叫、挥拳、踢腿

1）吼叫：用力出拳踢腿，大吼大叫都能起到舒解情绪的作用。

2）练习品势太白中双手下分挡动作，开立步变虚步，左右练习，同时配合深呼吸。(图3－3－15)

图3－3－15

图3－3－16

3）实战：玩就是心跳。当两人穿上全副武装的护具进行实战对抗时，惊险与刺激能在胜利中找到久违的激情，在失败中感受情绪的波动，甚至体味到人生喜忧参半的真谛。(图3－3－16)

4）品味高雅：跆拳道运动带给人们的是一种全新的生活方式，向对手鞠躬，背诵跆拳道精神口诀，在一级一级晋级考试中超越自我，追求卓越，在修身养性中品味高雅，从而使自己对实力弱小的对手产生爱护之心，引发人生庄严感，生活中的压力此时往往无影无踪了。(图3-3-17)

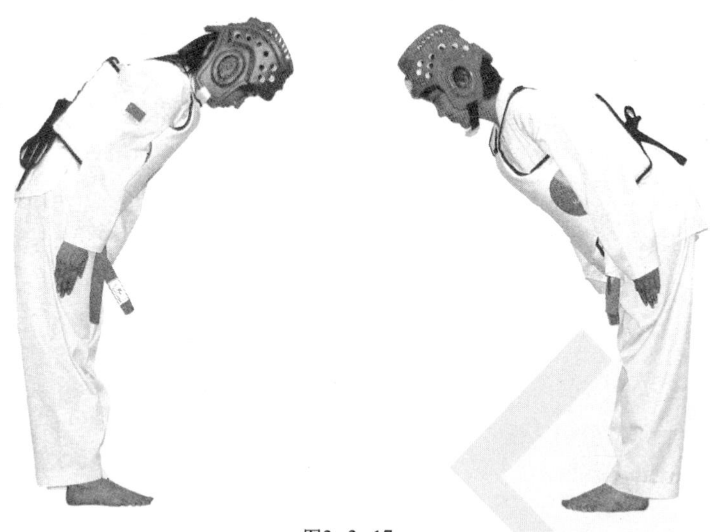

图3-3-17

5）男女互动训练

①训练过山羊提膝碰手。(图3-3-18)

图3-3-18

②训练单腿连续提膝碰手。（图3-3-19）

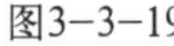
图3-3-19

③训练左右腿连续交替提膝碰手。（图3-3-20）

图3-3-20

3.练拳脚促进睡眠

适量的拳脚运动，能够使人的大脑分泌出抑制兴奋的物质，促进深度睡眠，迅速缓解疲劳，并进入一个良性循环。但是，过量运动带来的疲劳，将导致大脑过度兴奋，不利于提高睡眠质量，因此运动量要适中。

武道跆拳道的训练时间通常都在晚上，回家可洗个澡，可促进下肢血液循环，利于入睡；还可通过静坐与缓慢的跆拳道动作来降低心率，降低体温以帮助入眠。

以下动作选自跆拳道品势中的缓慢动作、开合动作。本书结合筋经、绷劲、动桩、呼吸、意念的要领，进行排列组合，就产生了具备养生功能的太极跆拳道，使跆拳道的动作姿势在天地人之间建立联系。心静体松奥妙多，性定守神朴中求。

图3–3–21

（1）站抱球桩：开立步站立，双手前伸平举与肩宽，保持抱球状，松、静、自然，呼吸均匀，无杂念。盘腿打坐也可以达到目的。(图3–3–21)

(2) 升降双手：开立步站立,双膝微曲，双手随着吸气前伸上平举至与肩同高，呼气，缓缓下降至小腹部，双手再随吸气缓缓上升，随呼气缓缓下降。(图3-3-22)

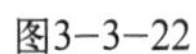

图3-3-22

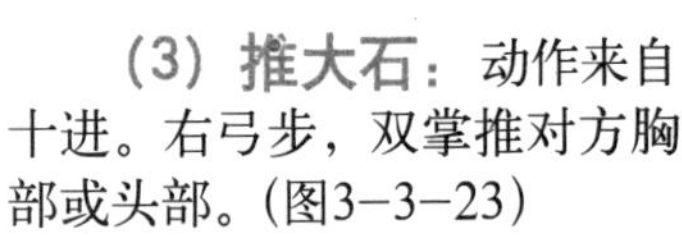

(3) 推大石：动作来自十进。右弓步，双掌推对方胸部或头部。(图3-3-23)

该动作与太极拳的“按”有相似之处。演练时动作要十分缓慢，运力如抽丝，使脊椎的上拔、下沉、拉收都得到很好的锻炼。

图3-3-23

（4）**力推泰山式**：动作来自天拳。并步站立，两手经腹前向上划弧一周至胸前，接着左脚上步成左虚步，右手在上，左手在下，同时慢速力推泰山。(图3-3-24)

图3-3-24

（5）对拔分手： 动作来自金刚。马步双手格挡，缓缓站立成开立步，双手向体侧左右分开，同时头向上顶，松开每一节脊椎骨骼，注意尾椎骨的沉坠力与头顶的上拔力；双手像按住两个水面篮球，头保持中正，虚灵顶劲，下额内收；眼睛好像从与眼睛同高的一堵围墙上方，在伸长脊椎关节后才能看到远方物体。(图3-3-25)

图3-3-25

（6）收势： 并步站立，手掌相合贴于丹田处，呼吸平静。(图3-3-26)

图3-3-26

四 防其身——实战技巧

Fang qi shen　Shi zhan Ji qiao

（一）专项器材训练

1.脚靶与型的训练

脚靶训练是武道跆拳道最主要的训练内容，是产生良好训练气氛的最重要因素。

（1）如何拿脚靶：拿脚靶时，用手抓紧靶柄中间稍靠前端的部位。不同的踢法有不同的拿靶方法。

1）前踢的拿靶方法：握靶柄的前端部位，靶面分别在水平位置的上下，靶柄后端与靶前边缘在拿靶者的左右方。(图4-1-1)

图4-1-1

图4-1-2

2）横踢的拿靶方法：握靶柄的前端，靶柄与水平面呈15°～45°夹角，初学者为90°，靶的两面垂直于地面，靶前边缘在斜上方。踢胸肋部高度时，也可使靶稍外张，以加强横踢向内“打进去”的习惯，初学者踢胸肋高度一般让靶面内倾斜；踢头部高度时，靶面宜稍向内倾斜。(图4-1-2)

3）下劈的拿靶方法：握靶柄的前端，靶柄、靶前边缘与水平面呈平行状态，靶面微向斜上方，持靶于头侧。还有一种拿靶方法：靶柄向正上方，靶前边缘向下方，与水平面呈垂直方向。（图4－1－3）

图4－1－3

4）侧踢、推踢、直拳的拿靶方法：握靶柄的中间部位，靶柄、靶前缘与水平面呈垂直方向，靶面正对着踢靶者。（图4－1－4）

图4－1－4

5）摆踢、后旋踢的拿靶方法：双握靶柄的前端，两靶柄与水平面呈垂直方向，两靶面向左、右方向，两靶间隔15厘米左右，与踢靶者头部同高。（图4－1－5）

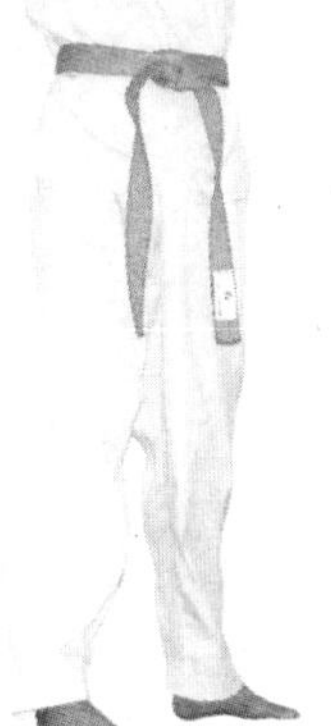

图4－1－5

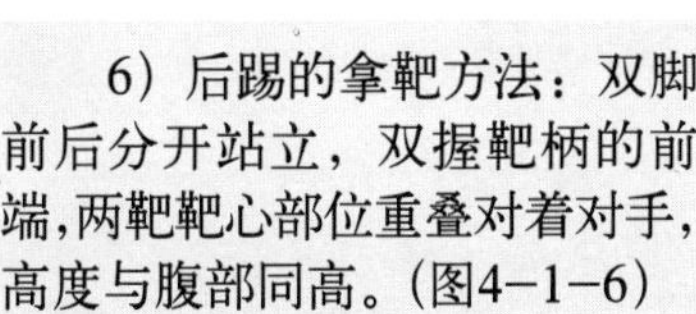

6）后踢的拿靶方法：双脚前后分开站立，双握靶柄的前端，两靶靶心部位重叠对着对手，高度与腹部同高。（图4－1－6）

图4－1－6

7）组合踢靶的拿靶方法：拿靶者针对组合踢法，可以变化出许多种拿靶方法。

①左横踢+右横踢(中、高)：拿靶者原地接对手的第一次踢击，接第二次踢击时后撤一步，以保持合适的距离，右手持横踢靶接对手的右横踢。(图4−1−7)

②一条腿各踢2次：拿靶者可以用一只脚靶接胸肋高度一次，头部高度一次，练习分别进攻两个目标的组合技术。

图4−1−7

③右后踢+180°腾空横踢：拿靶者做好固定的两靶位，一手持后踢靶，另一手持横踢靶。(图4–1–8)

图4–1–8

图4–1–9

④左横踢+右后旋踢：拿靶者用一只脚靶接胸肋高度一次，头部高度一次，让同伴练习左横踢+右后旋踢的组合技术。(图4–1–9)

三次以上的组合踢法，就是在以上拿靶方法的基础上进行的。只有对技术结构、时机有了充分了解，并积累了实战经验的人，才能随心所欲地做出各种理想的靶位，使踢靶者如临大敌，提高训练效果。

（2）踢靶的方法

1）要点：拿靶者手应紧握靶柄，并在踢靶的瞬间使脚靶有个瞬间固定。踢靶前应保持基本姿势，合适距离，全身放松；踢脚靶的中心位置，提防踢到同伴的手指上；脚背、脚掌、脚跟、拳面与靶面接触时应充分吻合，不可擦过性击打；力量要穿透靶面往后延伸，配合运气；击打后应保持身体平衡，使步法充满弹性；“速加速，速止动，速还原”，实战意识要贯穿始终。

2）礼节：踢靶时可以两人配对练习，一人握靶，一人踢靶，踢完一组，立正并步，双手捧靶，鞠躬敬礼交换。

3）队形

①多人一靶：10人一组，1人拿靶， 9人排成一列纵队，轮流依次踢靶，踢完后小跑至队伍后排队；踢完一组，换靶，由第一人拿靶。(图4−1−10)

图4−1−10

②一人双靶：踢靶者站在左、右持靶者中间，一边踢单个腿法一次，踢10～50次为一组，踢完后换下某一持靶者。(图4-1-11)

③单人一靶：踢左右腿的组合踢法，踢50～100次后，换下持靶者继续练。

图4-1-11

(3) 捕获移动靶：在初学阶段，采用的是固定的脚靶靶位,为了提高技艺，还需要训练捕获移动的目标，锻炼抓时机的能力。在行进间练习移动靶也是十分重要的训练手段。

预备式：拿靶者左右手分别持靶，保持基本姿势，踢靶者也保持跳动状态，随时准备起腿。拿靶者突然右脚上步，右手持靶定于胸肋高度成横踢靶，踢靶者立即后滑步右横踢进攻，或直接右横踢进攻。如果右手持后踢靶，踢靶者在拿靶者突然上步时立即腾空后踢。(图4-1-12)

图4-1-12

突然给靶的练习一定要注意动作不能为求快而变形，使踢靶时渗透力不足。拿靶者要用短促的口令提醒，比如踢后踢时许多学员发力没有平行于地面延伸，拿靶者低喝："进去！"即表示让踢靶者踢进去，使力量充分穿透。

（4）"型"与跆拳道实战及格斗的技战术

型的种类：跆拳道的型有好几种，大致可分为固定的型和变化的型。

1）固定的型：固定的型又有常规组合(表4-1-1)、特殊组合和固定对打之分。

表4-1-1　常规组合

步法 / 单个动作	左横踢+以下单个步法						
左横踢	前跳步	上步	跳换步	左滑步	撤步	斜后滑步	前滑步

特殊组合：特殊组合包括了打头技术组合和反击技术组合。

①打头技术：在双飞的第二腿直接打头时，对方横踢进攻，我方以前腿下劈迎击其头部。通过双方的配对形成特殊的动作组合能力。

②反击技术：在我方横踢进攻对方后踢反击时，我方稍微侧滑步，以横踢再次进攻。

固定对打：双方约定好对打动作，分竞技实战对打与品势造型动作对打两种。

2）变化的型：在道馆内上课时，每条色带均有规定的、相对应的核心技术和固定的型，但是在真正练习与使用该组合技术时，每个人的熟练程度、身体条件不一样，所以允许只要遵循实战技术的原则，可以对自己正在练习的型进行适度变形。(表4－1－2)

表4－1－2　色带及其变化的型

白带→黄带	黄带→绿带	绿带→蓝带	蓝带→红带
单个步法+前踢 单个步法+横踢 单个步法+下劈 单个步法+推踢 横踢+直拳 左右横踢的连击	单个步法+侧踢 单个步法+后踢 假动作+横踢 横踢的跳反击+双飞 横踢+后踢 单个步法+双飞踢 单个步法+腾空后踢 单个步法+腾空下劈	单个步法+摆踢 单个步法+后旋踢 双飞+后踢 双飞+腾空后踢 横踢+横踢+横踢 横踢+双飞+旋风踢 横踢+双飞+旋风踢+后踢	单个步法+腾空后旋踢 单个步法+腾空转身下劈 后滑步+旋风踢 横踢+后旋踢 横踢+双飞+旋风踢+后旋踢

（5）喂招、喂靶的脚靶之型：喂招、喂靶能较快提高跆拳道技术，它也有相对稳定配合的脚靶之型，是武道跆拳道在每次训练中不可缺少的部分。

1）两腿一喂：横踢+中横踢；横踢+高横踢。(图4－1－13～14)

图4-1-13

图4-1-14

图4－1－15

2）结合步法喂两腿

①后滑步+双飞+后踢。(图4－1－15)

图4-1-16

②后滑步+双飞+后旋踢。(图4-1-16)

③后滑步+横踢(腿拉回)+后踢。(图4-1-17)

图4-1-17

图4-1-18

④后滑步+横踢+后旋踢。(图4-1-18)

图4-1-19

3）行进间踢靶

①前跳步横踢+横踢。（图4-1-19）

图4-1-20

②前跳步横踢+横踢+后滑步横踢。（图4-1-20）

③前跳步横踢+横踢(踢头)。(图4-1-21)

图4-1-21

④前跳步横踢+前下劈。(图4-1-22)

图4-1-22

⑤前跳步横踢+后下劈。(图4-1-23)

图4-1-23

图4-1-24

⑥双飞+后踢。(图4-1-24)

图4-1-25

⑦前跳步横踢+腾空后旋踢。(图4-1-25)

图4－1－26

⑧后踢+下劈。(图4－1－26)

图4－1－27

4）无影连环腿——准黑带技术

①右横踢+右旋风踢+左后踢。(图4－1－27)

图4-1-28

②横踢+双飞踢+旋风踢。(图4-1-28)

图4-1-29

③右横踢+旋风踢+转身左下劈+横踢。(图4-1-29)

图4-1-30

④后滑步横踢+跳下劈+横踢+后踢。(图4-1-30)

图4-1-31

⑤双飞踢＋摆踢。（图4-1-31）

图4-1-32

⑥横踢+右旋风踢+右旋风踢+腾空右下劈。(图4-1-32)

图4-1-33

⑦直线前进中6次双飞踢+旋风踢。(图4-1-33)

图4－1－34

⑧前跳步右摆踢+右横踢+转身左下劈+右横踢。(图4－1－34)

图4-1-35

⑨右推踢+左横踢+前跳步左下劈+腾空左侧踢。(图4-1-35)

图4-1-36

⑩连续2个低后旋踢+中后旋踢+上步高旋风踢。(图4-1-36)

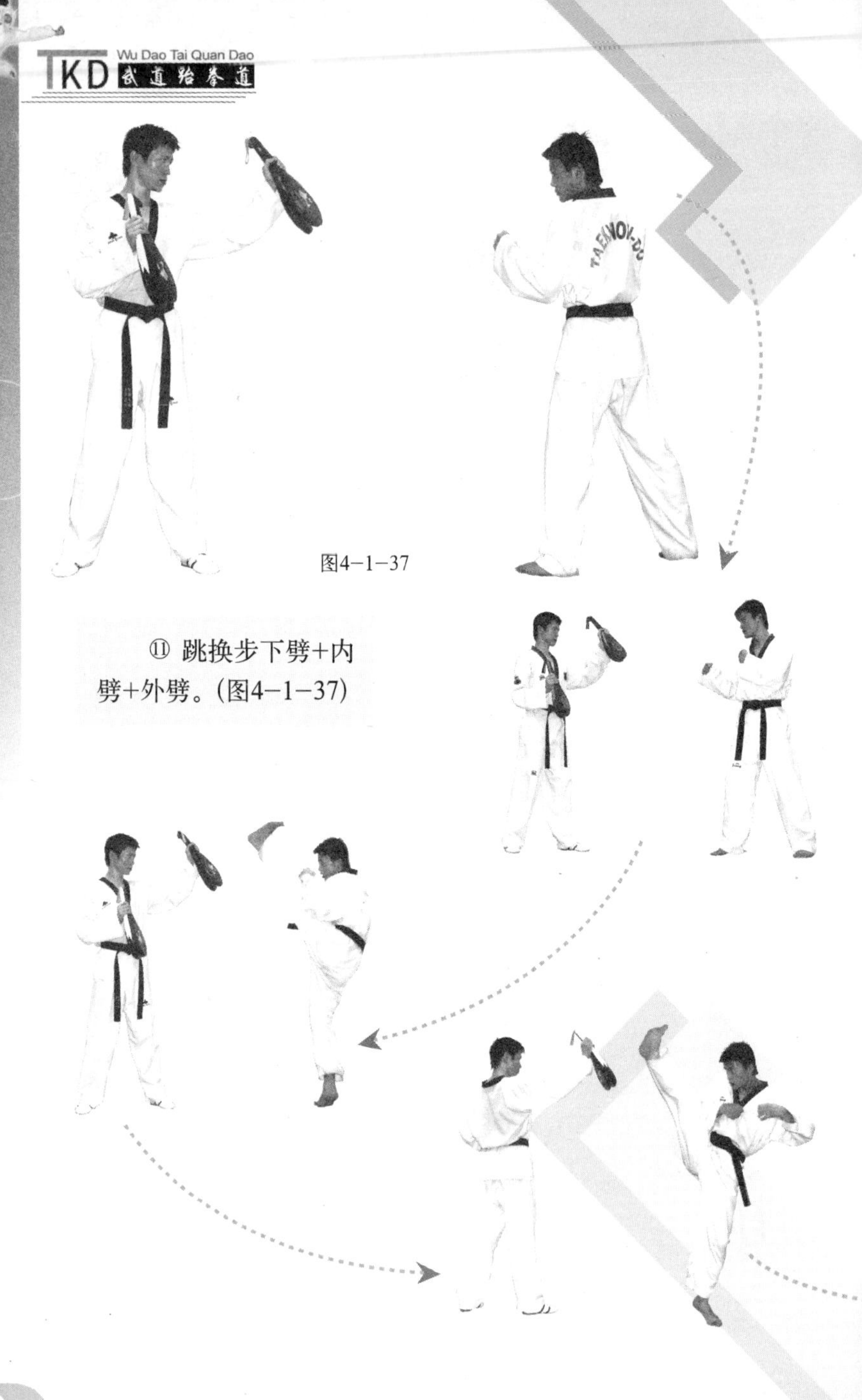

图4-1-37

⑪ 跳换步下劈+内劈+外劈。(图4-1-37)

图4-1-38

⑫ 右高横踢击头+左横踢击头+右后旋踢。(图4-1-38)

图4-1-39

⑬ S形侧翼步伐佯攻+横踢+斜后滑步双飞踢。(图4-1-39)

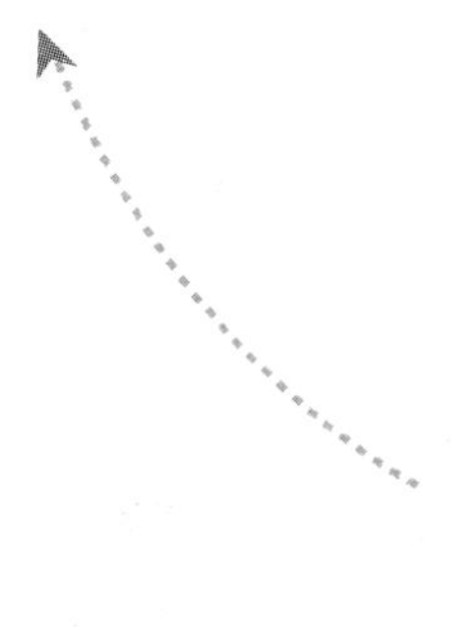

图4-1-40

⑭ 横踢+双飞踢+旋风踢+后旋踢+跳下劈+腾空后踢。(图4-1-40)

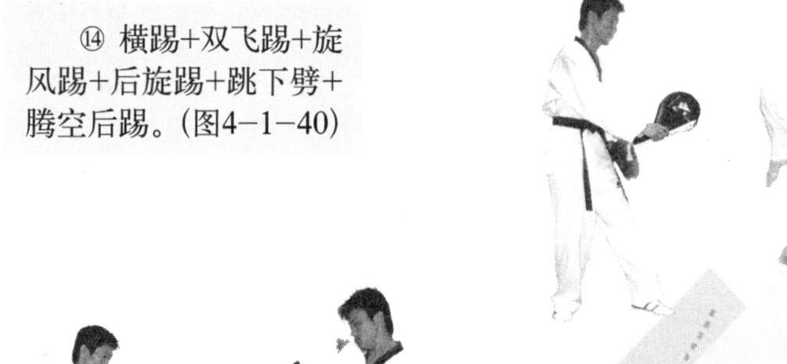

图4-1-41

⑮ 直线前移不落地的单脚前踢＋横踢(8次)+高侧踢(静止5秒)。(图4-1-41)

2.护具靶型的训练

护具靶型训练分固定靶型与移动靶型。

（1）预备式：当靶的学员，双手用拇指往外拉护具胸口部上沿，四指在外抓紧，使护具与身体产生一定的空隙（初学者护具背部的绳子可以系得松一些），这样在承受进攻者的踢击时延长了缓冲时间，并应顺着击打力量稍后滑步，收腹以减弱、化解部分力量。双脚前后分开，与肩同宽，侧身而立。

（2）固定靶型：双方开势站立，学员以右横踢击打护具的得分部位。10次为一组，练完换势练习左横踢、后踢、推踢等单个踢法和组合踢法。

在训练固定靶型时，应体会脚背、脚掌、脚跟击打的瞬间同护具吻合的程度与穿透力，横踢时还要求发出清脆、响亮的击打声，横踢的得分同响度也有关系。擦过性的、没有穿透力的击打是不能得分的，训练中必须严禁。

（3）移动靶型：当靶的学员要保持充满弹性的步法，突然给靶，但应停留合适的短暂时间，让踢靶的学员能准确地抓住目标踢击，并使力量穿透护具，不能在对方踢中护具的瞬间换步或转动身体，应待该技术完成后再移动步法。

（4）移动靶型练习方法：移动靶型的训练分为在前进或后退中护具靶的单个踢法与组合踢法的练习。

1）单个踢法练习

①后踢：甲乙左势，乙前滑步靠近甲，甲后滑步右后踢（也可在后滑步的同时腾空后踢），右脚落地成右势，并后滑步；乙顺势后移数步以化解甲后踢的攻击力，迅速回到面对甲的合适距离，上步，甲后滑步左后踢，再腾空右后踢。（图4-1-42）

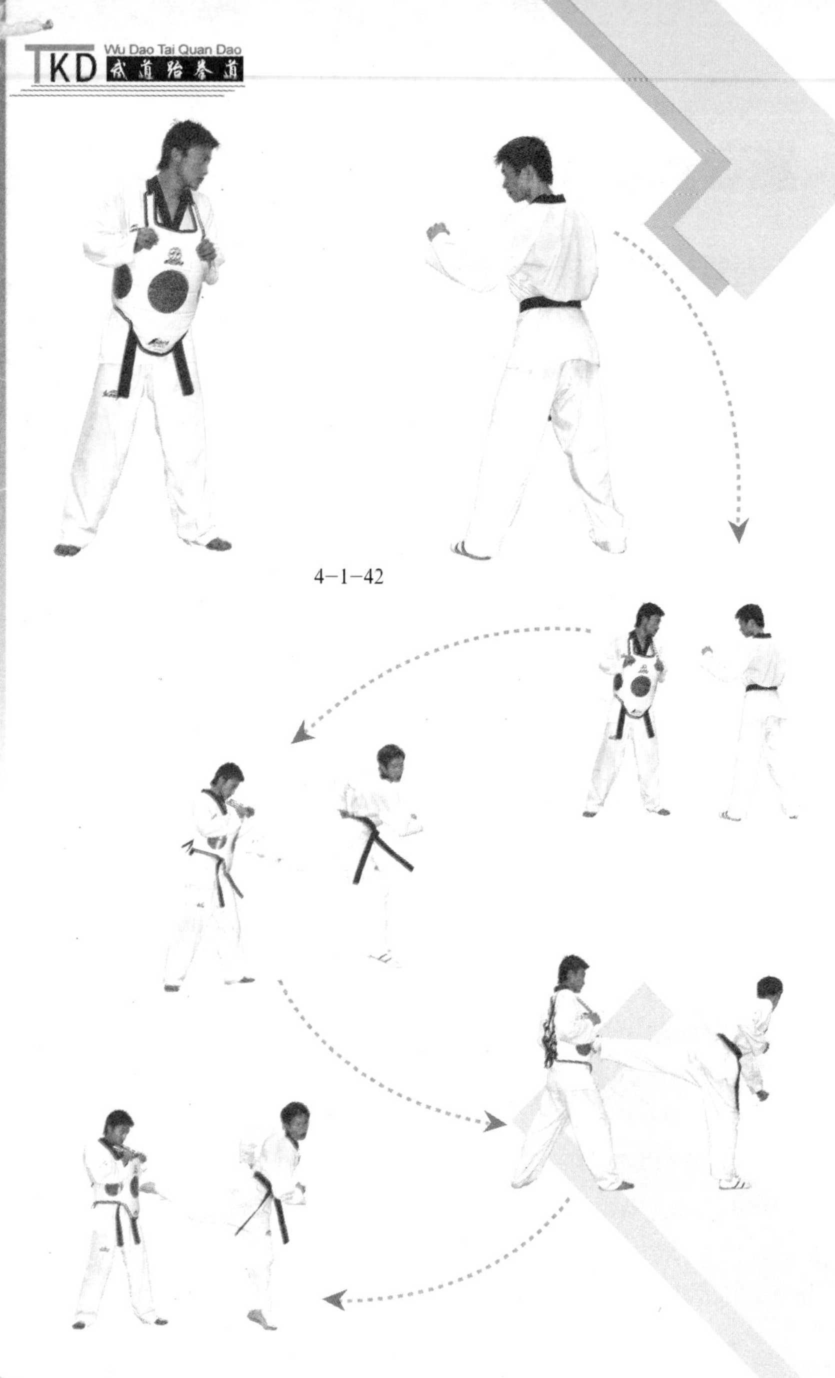

4-1-42

②横踢：甲乙左势，甲假动作引诱，乙上步成右势，甲立即出右横踢进攻乙，乙顺势后移数步，以化解甲横踢的攻击力，迅速回到面对甲合适的距离，成实战姿势。（图4-1-43）

图4-1-43

③推踢：甲乙左势，甲假动作引诱，乙上步成右势，甲立即出右推踢进攻乙，乙顺势后移数步，以化解甲推踢的攻击力，迅速回到面对甲合适的距离，成实战姿势。（图4-1-44）

图4-1-44

④侧踢：甲乙左势，甲假动作引诱，乙上步成右势，甲立即出右侧踢进攻乙，乙顺势后移数步，以化解甲侧踢的攻击力，迅速回到面对甲合适的距离，成实战姿势。（图4－1－45）

图4－1－45

⑤后旋踢：甲乙左势，甲假动作引诱，乙上步成右势，甲立即出右后旋踢进攻乙，乙顺势稍微后滑，后仰躲闪甲的后旋踢击头动作，迅速恢复成实战姿势。（图4－1－46）

图4－1－46

2）组合踢法练习

①两腿组合：横踢+横踢；横踢+后踢。(图4−1−47～48)

图4−1−47

图4−1−48

②三腿组合：左横踢+右横踢+左横踢；右横踢+左横踢+右后踢。(图4-1-49～50)

图4-1-49

图4-1-50

③四腿组合：左横踢+右横踢+左横踢（反击）+右后踢；双飞+双飞。(图4-1-51～52)

图4-1-51

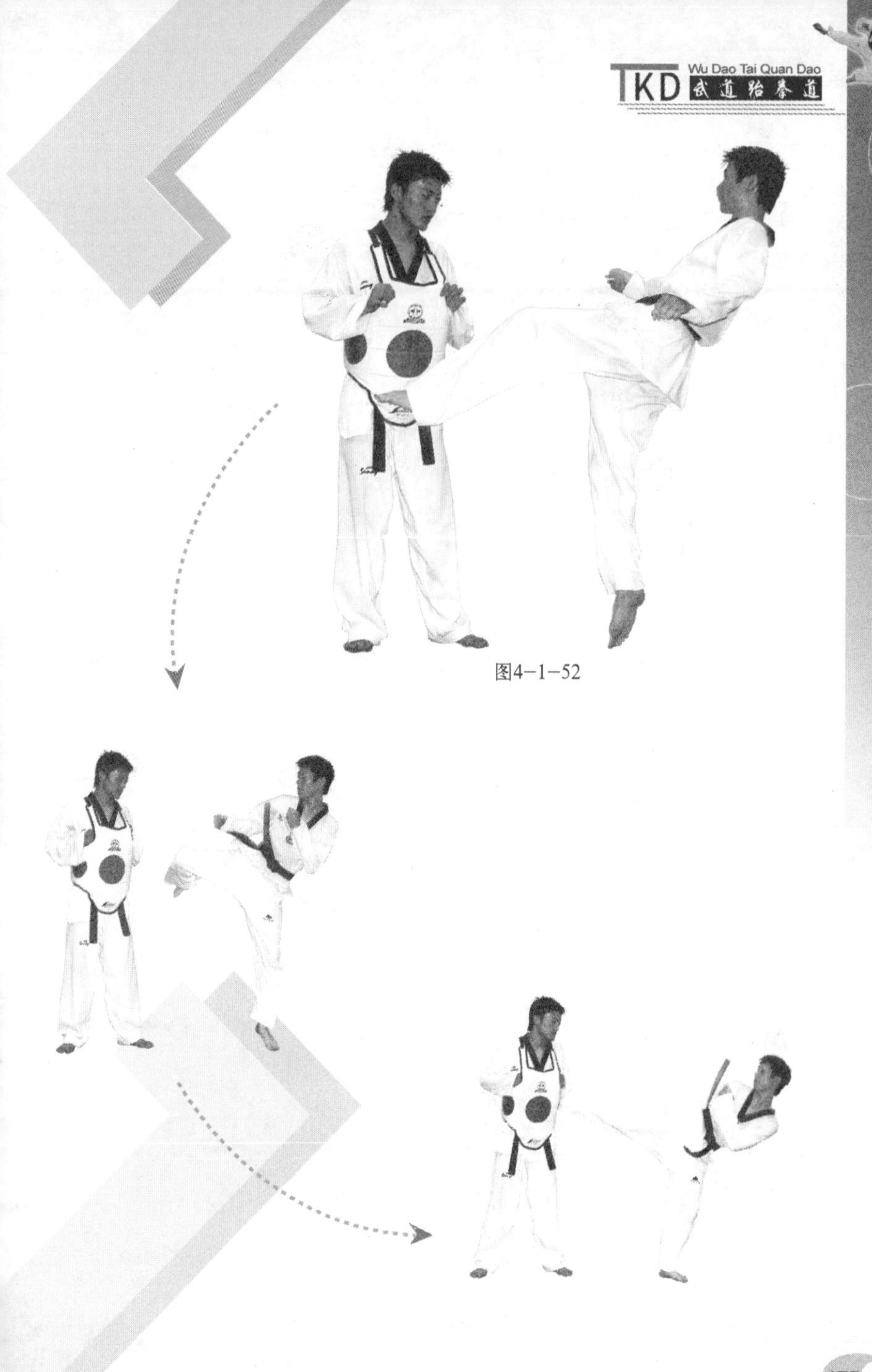

图4-1-52

④散招：甲假动作，乙前推踢，伺机再起高横踢；甲斜上步，乙后手直拳，伺机再起中横踢；甲后踢，乙后退中横踢反击，伺机再起双飞踢。(图4-1-53～55)

图4-1-53

图4-1-54

图4-1-55

3.沙袋靶型的训练

图4-1-56

(1)固定靶型的打法：固定靶型即沙袋不处于晃动状态，由教练员或学员扶住沙袋，使之固定，练习者以单个踢法、组合踢法、直拳击打沙袋。每个技术100次一组。(图4-1-56)

(2)移动靶型的打法：移动靶型即练习者配合各种步法，用单个踢法、组合踢法、直拳技术击打沙袋，沙袋随着击打而处于晃动状态，练习者判断各种距离，调整步法进行击打训练。要求向迎着晃过来的沙袋踢击时，要使力量充分渗透。(图4-1-57)

图4-1-57

(3)沙袋靶型训练要点

1）以正确的技术、正确的部位进行击打训练。比如横踢时不能撩腿击打，要脚趾击打。

2）使力量充分渗透，击打沙袋的重心部位。

3）踢击后收腿要迅速，落地即成基本姿势，做到“速加速，速止动，速还原”。

4）面前无敌似有敌，实战意识贯穿始终。

5）打拳时要戴上击沙袋手套，最好再绑上护手绷带。

（二）跆拳道实战技巧

1.单个主动进攻技术

单个踢法主动进攻就是直接用学到的基本踢法进攻对手，在防身格斗时，可以用前踢、横踢、侧踢分别进攻对手的上、中、下段。严格地说，以下的单个踢法仍然要与步法及假动作配合进攻，才有实际意义，为了与组合踢法有所区别，在此还是单列了单个踢法的主动进攻技术。

（1）横踢

1）单个步法+左横踢：双方左势对峙，甲前跳步左横踢进攻乙肋部，落地成左势；双方左势对峙，甲上步左横踢进攻乙肋部或头部，落地成左势。(图4–2–1～2)

图4-2-1

图4-2-2

要点：上步时身体不可暴露正面空当，右脚掌一点地即速起左腿，上步与左横踢不可有分割。

上步左横踢与前跳步左横踢的区别：上步左横踢与前跳步左横踢都是最常用的进攻技术。前跳步左横踢用于距离较近时的抢攻，但是对手易后滑步溜走。因此，前跳步左横踢通常像用于测量距离的探测仪，能使双方保持一定距离，争取由自己来控制下一步的行动。上步左横踢能在对手后滑步刚落地的瞬间就被其放长击远而命中。通常是先用前跳步左横踢探测，紧接着用上步左横踢进攻。

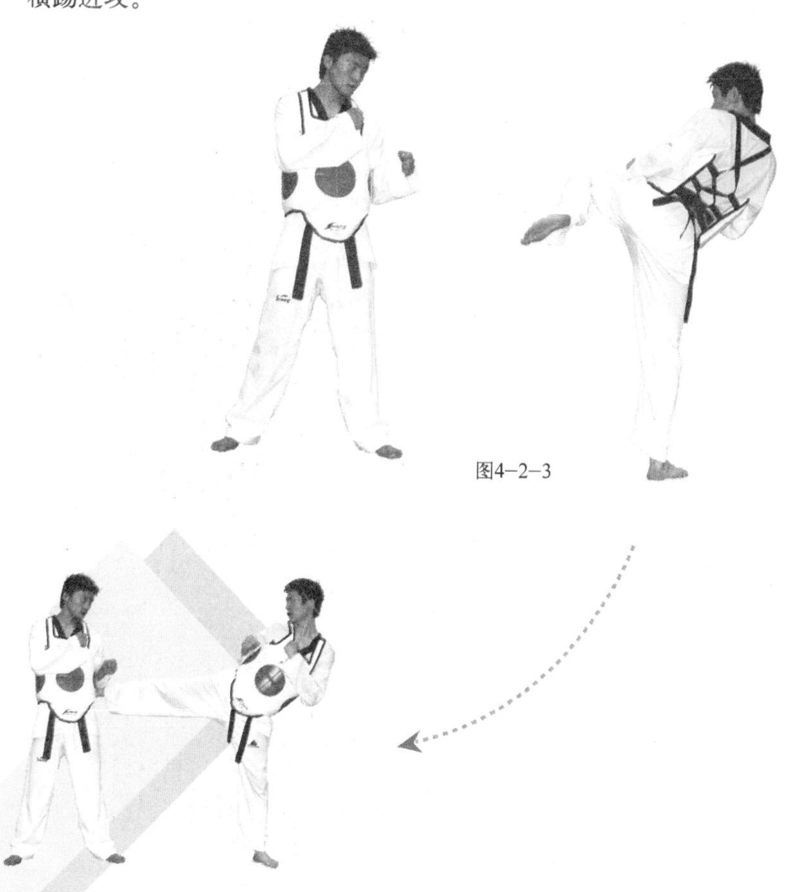

图4–2–3

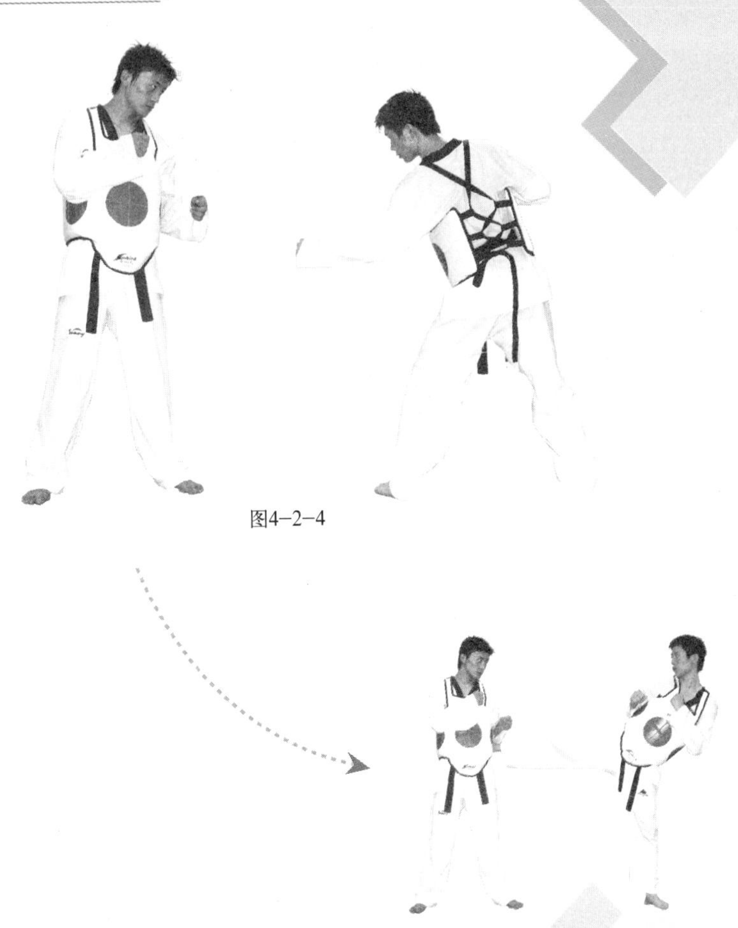

图4-2-4

2）假动作+右横踢：甲左势，乙右势对峙，甲前跳步左侧提膝，假装欲以左脚进攻，立即起右横踢进攻乙肋部。甲左势，乙右势对峙，甲左手、左脚同时前伸，左手握拳在肩以下向前假装打左直拳，左脚掌向前猛一跺脚，大吼一声，用右横踢进攻乙肋部。（图4-2-3～4）

要点：前跳步左侧提膝一定要有突发性，迫使乙后退，左脚可以轻轻点地，也可以不点地立即起右横踢。

(2) 后踢：后踢一般用于反击，但在假动作掩护下作为进攻技术也颇见威力。如横踢接后踢，就是不错的一招。

1）假动作+后踢：双方左势站立，甲快速左提膝虚晃，紧接右后踢进攻；乙后滑步逃避，甲右脚刚一落地，立即速提右膝虚晃，以左后踢进攻。(图4–2–5)

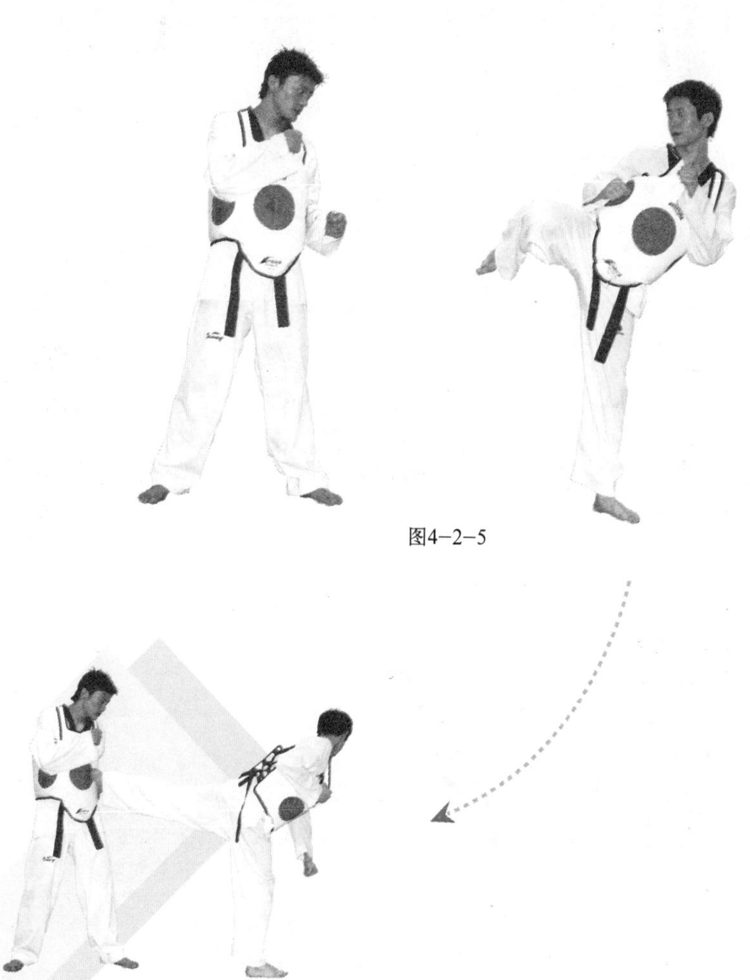

图4–2–5

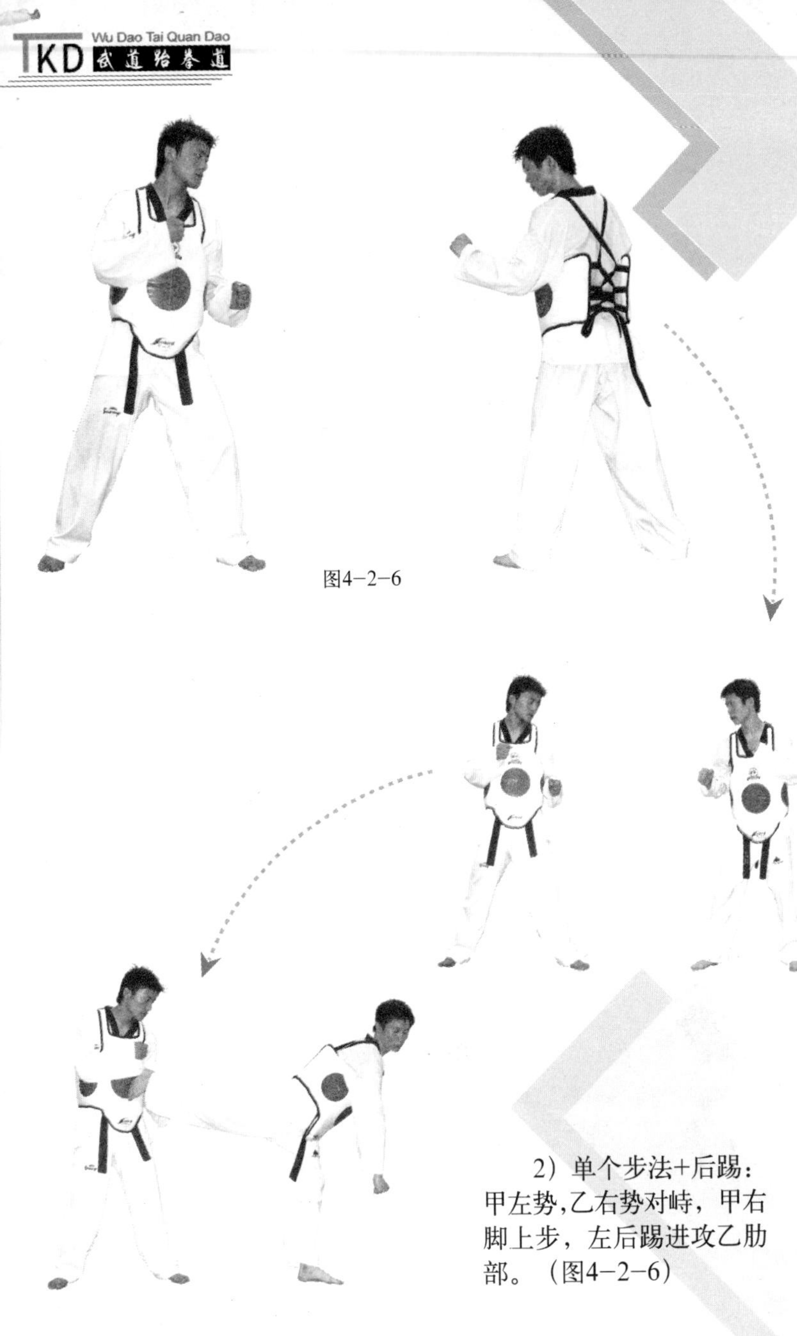

图4-2-6

2）单个步法+后踢：甲左势,乙右势对峙，甲右脚上步，左后踢进攻乙肋部。（图4-2-6）

图4-2-7

（3）前踢

1）假动作+前踢：甲右势，乙左右势均可，甲左肩突然水平向右用力转动，有突然关门的含义，左脚往正前轻快地前踢，高与膝平，右脚速蹬地跳起，右髋向乙身体方向猛烈加速撞击，带动大腿、小腿向乙方躯干部前踢。（图4-2-7）

要点：甲肩部要有明显快速地转动，起到假动作的作用，使对方误以为要起左腿，将注意力吸引到甲的左腿。

2）跳换步+前踢：双方左势对峙，乙方右下劈向甲头部进攻，甲左脚往右脚方向直线后跳，突然转髋，使身体原地猛转180°，同时右前踢攻击乙方躯干部。（图4－2－8）

要点：运用此技术时要注意距离感，前踢还可用来反击对方横踢。假如对方力量很大，冲势很猛，甲方可用左脚往右斜侧方向后跳，突然转髋，使身体原地猛转180°，左手外腕、左前臂外侧顺着转体轻触对方右脚化解部分攻势，同时以右前踢攻击对方躯干部。

图4－2－8

2.组合主动进攻技术

组合踢法就是连续进行两次或两次以上的进攻技术，分单腿连踢（Eeah-chagi）与双腿连踢(Doobal-dangsung-chagi)技术。单腿连踢是同一条腿连续进行两次或两次以上的进攻。双腿连踢是两条腿进行两次以上的进攻。

(1) 单腿连踢

1）左横踢击肋+复击头：双方保持基本姿势，甲以左横踢击对手肋部，脚刚一点地(或不点地)立即再击对手头部。(图4-2-9)

图4-2-9

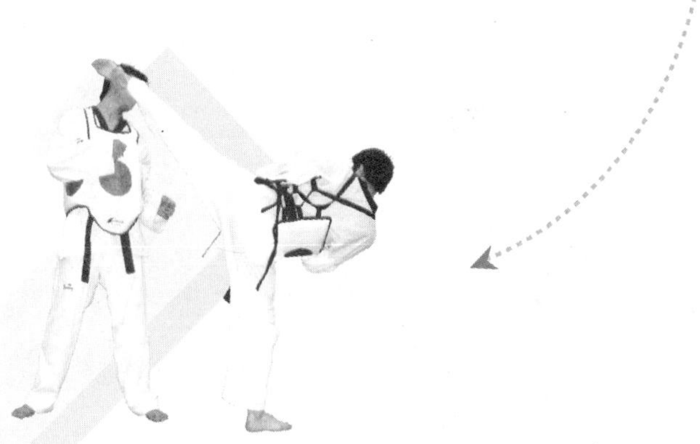

图4-2-10

2）右横踢两次击肋部：双方保持基本姿势，甲右横踢进攻对手肋部，脚刚一点地，立即再以右横踢进攻同一部位。（图4-2-10）

3）左横踢击肋部+左下劈击头：双方保持基本姿势，甲以左横踢击对手肋部，脚刚一点地立即再左下劈击对手头部。(图4-2-11)

快速连踢要领：跆拳道快速连踢要建立在正确、熟练掌握基本踢法的基础上进行连击训练，还必须掌握以下要领。

①一个技术与另一个技术的组合必须是：最省力、最隐蔽、最连贯。

②训练时必须考虑到多种变化：原地的、向前的、向后的、转动的、跳起的、侧向的。

③主动进攻或反击。

④击打中段或头部，击打上体胸肋部的正面或侧面等等。

⑤通过空击训练掌握技术结构，力量传递的合理顺序，锻炼平衡能力，丰富战术思维。

⑥踢脚靶、护具、沙袋的练习，能提高距离感，增强渗透力。

图4-2-11

(3) 双腿连踢

1) 左横踢+右横踢。(图4-2-12)双飞踢属于该技术的一种变化。

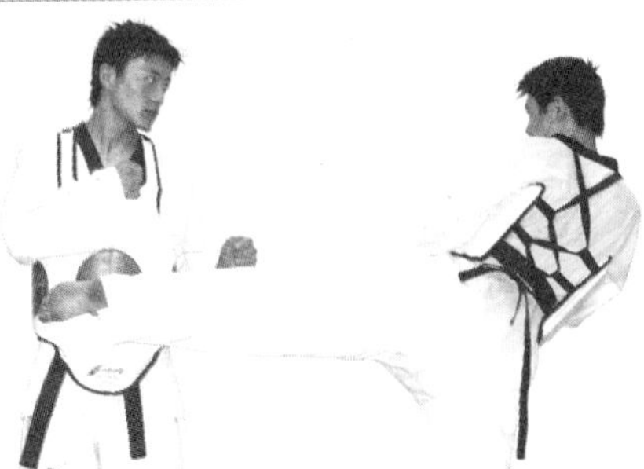

图4-2-12

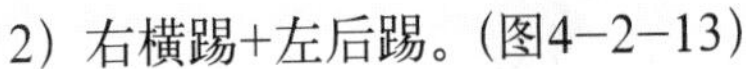

2) 右横踢+左后踢。(图4-2-13)

图4-2-13

3）左横踢+右后旋踢。(图4−2−14)

图4−2−14

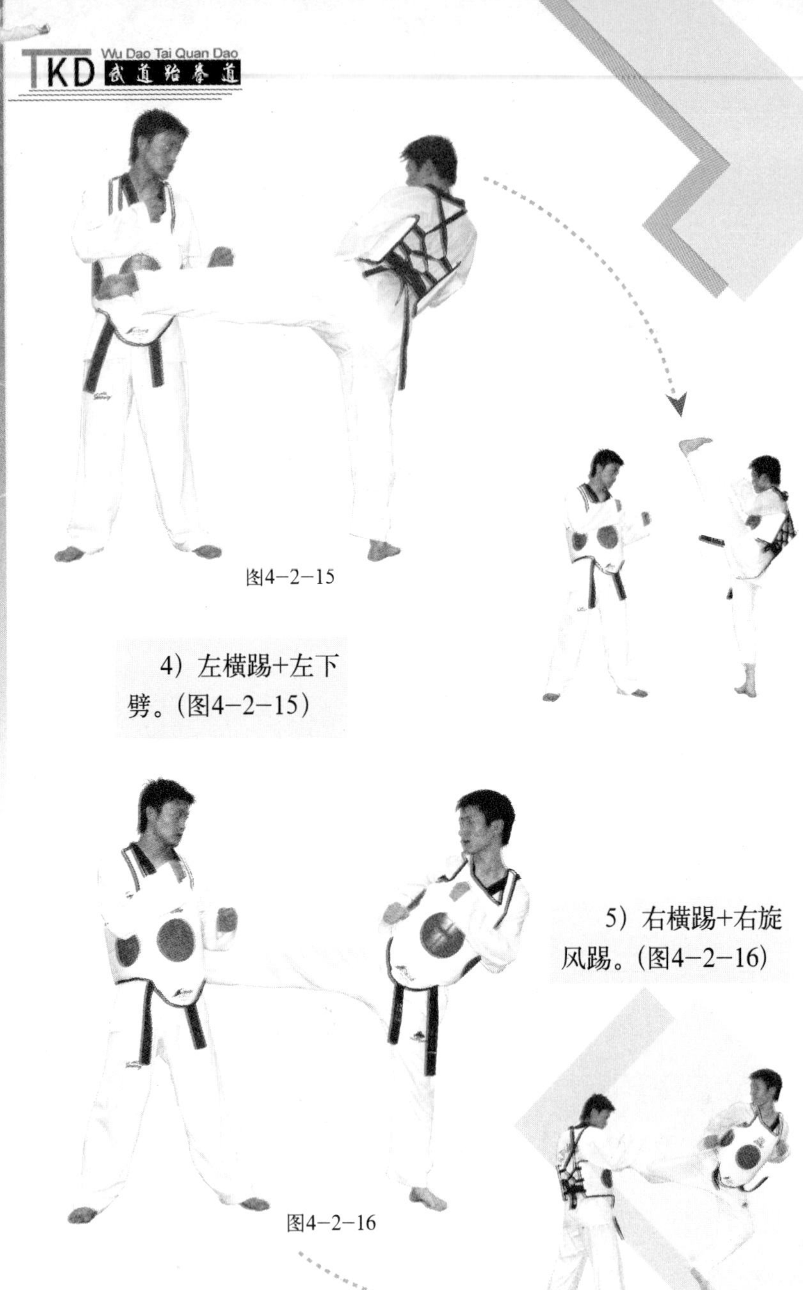

图4-2-15

4）左横踢+左下劈。（图4-2-15）

5）右横踢+右旋风踢。（图4-2-16）

图4-2-16

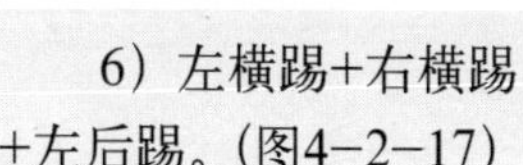

6）左横踢+右横踢+左后踢。(图4-2-17)

图4-2-17

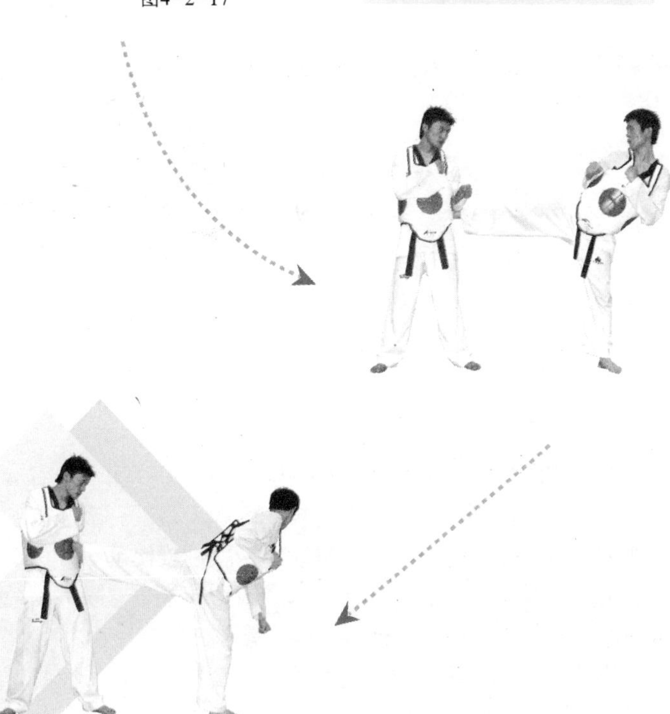

图4-2-18

7) 540° 腾空后旋踢。(图4-2-18)

8) 前进的左横踢+右横踢+后退的右横踢+左横踢+右后踢：该组合是一种训练模式，两次进攻、两次反击、一次迎击。也可以理解为进攻——防守——再进攻。两次进攻使单一打法产生了质的飞跃，在对手“旧力”已尽，“新力”未生之际，以最短的时间进行反击，可谓得“机”而得“势”。

快速连击的秘诀：双腿连踢的技术变化很多，可以将横踢、后踢、下劈、推踢、双飞踢、旋风踢等基本踢法进行组合，使一个踢法与另一个踢法之间衔接连贯，出招隐蔽，这种踢法叫作连环腿，能给对手以极大的威胁。对单招技术的来犯者，这种踢法能容易应付；对组合技术的进攻，这种踢法也增加了防守的难度。双腿连踢技术是跆拳道技术中非常重要的组成部分，必须在平时下苦功训练。

3.反击进攻技术

反击进攻技术就是防守反击，在对手一个击打动作完成后，我方利用各种防守技术立即反击对手。反击技术要精确到某一种踢法，比如以横踢反击，要经过千锤百炼，千万次地重复练习横踢技术反击各种踢法，直至形成“绝招”。

（1）防守技术：比赛中的防守技术主要是利用步法，配合手的格挡与拍击进行防守。

1）对付进攻肋部的横踢：用前臂的向下、向左、向右格挡；用手刀、手掌的防守；用步法防守。(图4−2−19～20)

图4−2−19

图4-2-20

图4-2-21

2）对付进攻肋部的推踢：快速的后移步。用环绕步闪到一边。(图4-2-21)

图4−2−22

3）对付进攻肋部的后踢或侧踢：快速的斜后移步。(图4−2−22)

来不及后滑步或后退时以双掌相叠，用合力向下猛击对方后踢脚，并收腹避让。

图4−2−23

4）对付用拳击打胸部：侧闪。用手掌顺身体中线向下、向外拍击。用前臂外腕处格挡。(图4−2−23)

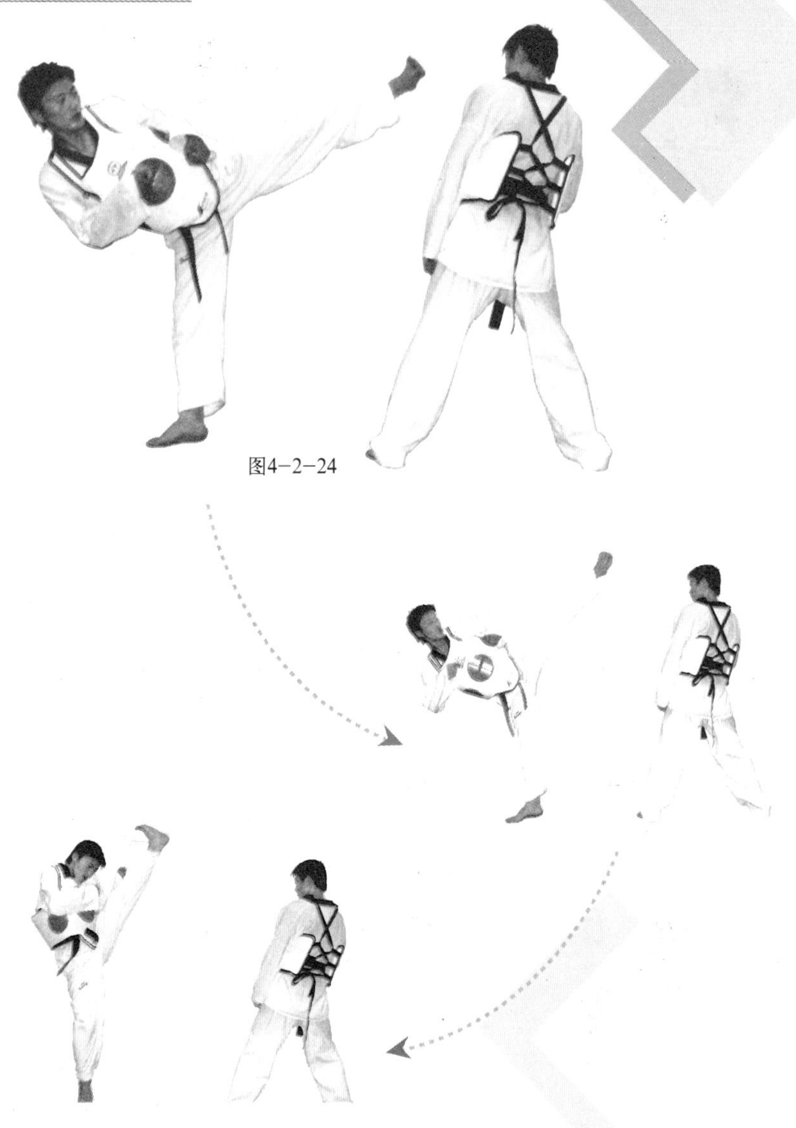

图4−2−24

5）对付进攻头部的横踢、摆踢、后旋踢、下劈：利用后滑步、后退步、后移步+弧形步防守。（图4−2−24）

图4－2－25

用前臂向上、向斜上45°方向格挡。(图4－2－25)

用格挡加步法防守。用闪躲加步法防守。

(2) 单个反击进攻技术：在比赛中，反击技术往往精确到某一两个技术。水平越高的拳手,就越有自己的反击“绝招”。比如，大级别拳手通常会选择一两个最适合自己发挥的反击技术，练精、练绝。

1）横踢：以横踢为反击进攻的武器分为左横踢和右横踢。

左横踢：左横踢反击左横踢。左横踢反击左下劈。（图4－2－26～27）

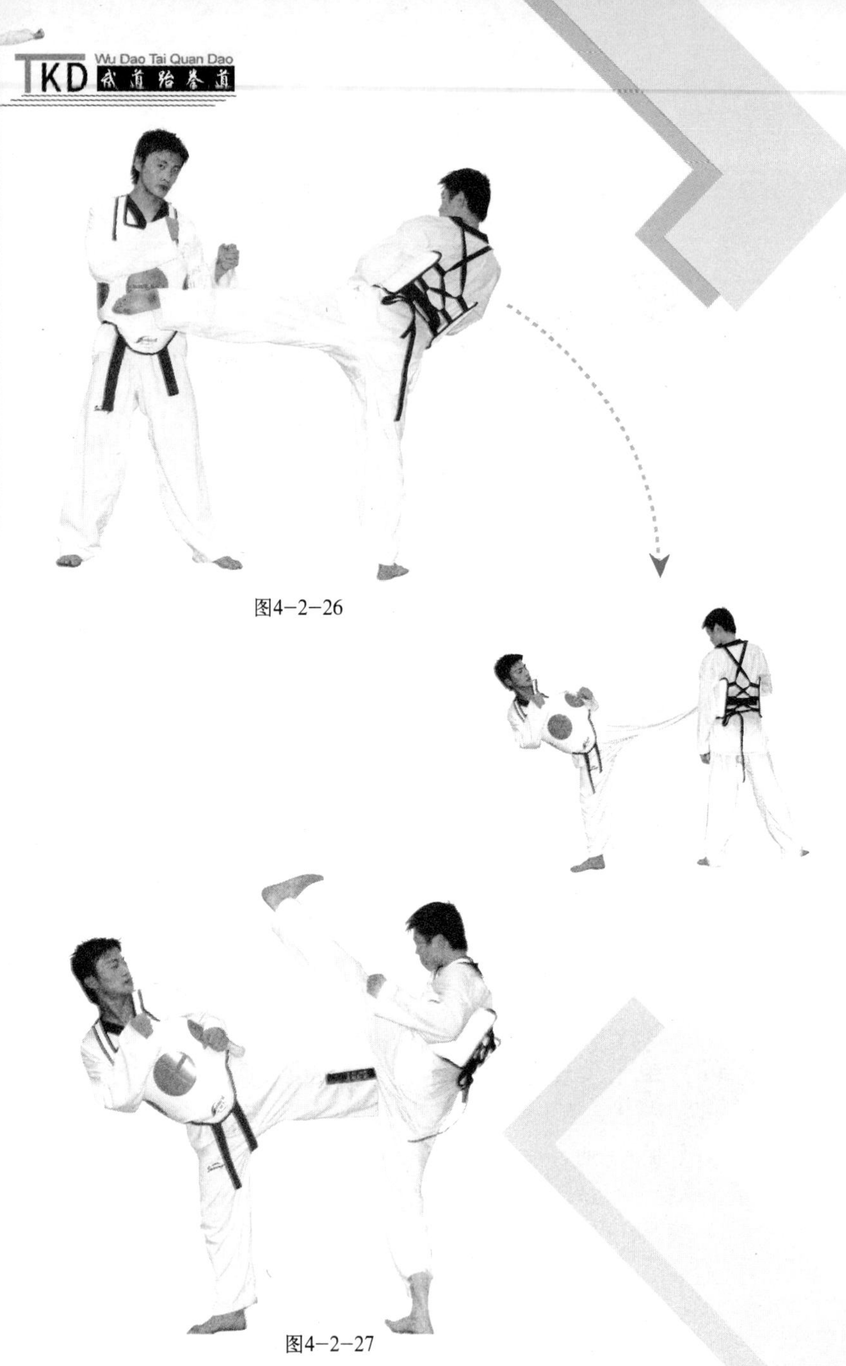

图4-2-26

图4-2-27

图4-2-28

图4-2-29

右横踢：右横踢反击右横踢。右横踢反击右后踢。（图4-2-28～29）

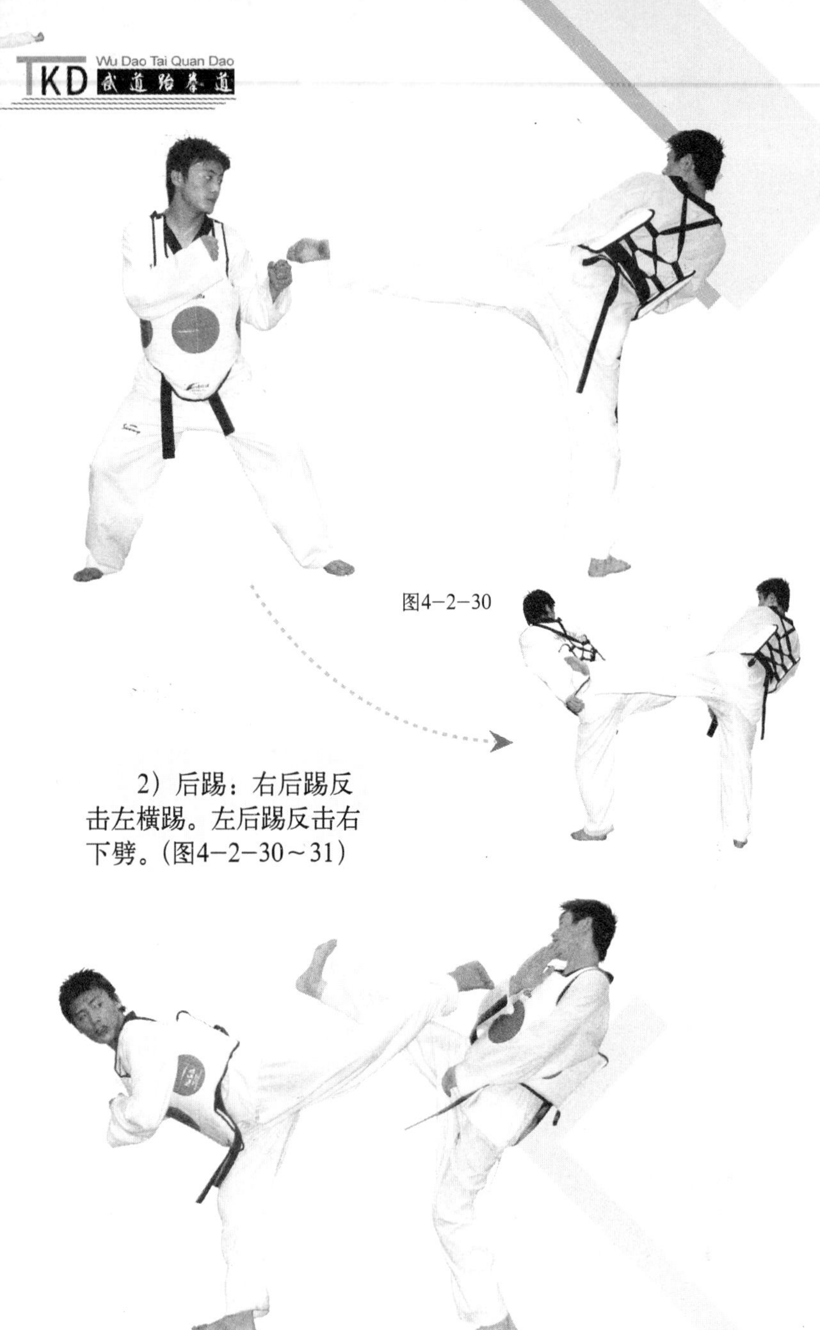

图4-2-30

2）后踢：右后踢反击左横踢。左后踢反击右下劈。(图4-2-30～31)

图4-2-31

图4-2-32

3）下劈：内劈反击对手头部。前腿下劈反击横踢。（图4-2-32～33）

图4-2-33

图4-2-34

4）后旋踢：后旋踢反击横踢。后旋踢反击下劈。(图4-2-34～35)

图4-2-35

图4-2-36

5）侧踢：侧踢反击后旋踢。侧踢反击下劈。(图4-2-36～37)

图4-2-37

图4-2-38

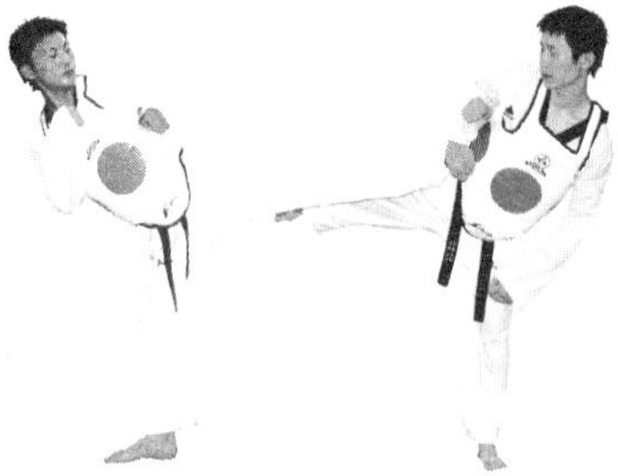

6）摆踢：摆踢反击后旋踢。摆踢反击下劈。(图4-2-38～39)

图4-2-39

图4-2-40

7）前踢：前踢反击后旋踢。前踢反击下劈。（图4-2-40～41）

图4-2-41

图4-2-42

8）直拳：后手直拳反击横踢。前手直拳反击横踢。(图4-2-42～43)

图4-2-43

图4-2-44

(3) 组合踢法反击进攻技术：组合踢法反击进攻的技术，即在防守的同时加上主动进攻的组合技术。

1）后滑步+右横踢+左后踢进攻。(图4-2-44)

图4-2-45

2）后滑步+右横踢+左横踢+右横踢进攻。(图4-2-45)

4.实战距离与时间差

(1) 实战距离：跆拳道实战中，双方的距离、角度始终处于运动变化之中，难以维持长时间不变，但是根据实战中出现的种种距离，仍可以大致划分为远距离、中距离、近距离和贴靠四种。

图4-2-46

1）远距离：指双方相距两步以外，任何一方直接出击都不易击中目标。这种情况常出现在双方对峙，欲寻找对方防守破绽时。(图4-2-46)

2）中距离：指双方相距一步半左右，哪一方的直接进攻都有可能击中目标。（图4-2-47）

图4-2-47

3）近距离：指双方相距一步之内，但没有贴靠，保持正常姿势状态下无法使用基本技术，因为距离过近，无法舒展开整条腿部。（图4-2-48）

图4-2-48

图4−2−49

4）贴靠：指双方躯干贴靠在一起，但不向对手施力，处于若即若离的状态。(图4−2−49)

步法是掌握实战距离至关重要的因素，通常以前腿横踢作为掌握距离感的引腿。双方的距离要通过步法的移动来调整，也要通过身体的前后、左右摆动来微调。

（2）时间差：进攻时出腿的时间称为实时间；收回攻击腿的时间称为虚时间(不包含品势中的踢法)。攻击时要利用虚时间。

1）进攻的时间差：双方对峙，在对方反应过来之前，我方就以左横踢命中对手，这就是我方动作时间与对方反应时间的时间差。如果对方反应时间太长，就会被命中。双方对峙，对方用右横踢进攻，我方在其横踢腿刚呈小腿折叠状时，就速起左下劈进攻对方头部，这就是我方动作时间与对方动作时间的时间差。

在自卫反击中，双方对峙，当对方前手刺拳虚晃刚收回时，我方就以右手直拳进攻对方脸部，赢得时间就赢得了机会。(图4−2−50)

图4-2-50

2）反击的时间差：对方以后腿横踢进攻，我方也以后腿横踢反击，这时一旦时间差掌握不好，就有可能失去反击时机，或者两腿相撞。同样距离下，这种情况可以利用角度的变化来抓住反击时间差。比如，对手以后腿横踢进攻，我方也以后腿横踢反击，通过向右侧小滑步来避开与对方来腿相撞的可能，抢到一个有利的角度，实施准确的反击。

3）防守的时间差：对方以下劈进攻我方头部时，我方左前臂插入格挡，形成臂交叉防守。(图4−2−51)

图4−2−51

这种插入格挡的动作在自卫时可用于对付菜刀下砍头部，所以一旦时间差判断失误，就可能被砍伤。由此可见，掌握防守的时间差要建立在对对手动作轨迹十分熟悉的基础上，同时还要了解自己何时该出防守动作。

实战距离与时间差的训练在击打护具靶的练习中能得到很好的提高与巩固。

5.假动作技术

通常情况下，当一个训练有素的跆拳道手处于警戒状态时，想直接出腿踢中对方是十分困难的。但是如果采用假动作进攻，就能分散对手注意力，迷惑对手，然后出其不意地打他个措手不及，所谓兵不厌诈、声东击西正是此意。假动作技术还能使对手加快精神疲劳。

假动作是有意识地做出来的一种动作.同预动不是同一回事。预动是指因拳手技术粗糙，训练不佳，技击中带有习惯性的毛病，易被对手抓住破绽；假动作是指拳手富于计谋，故意设置陷阱，并带着十分警惕的心理，预料对手可能做出的本能反应与下一步的动作。

（1）步法假动作：步法假动作是利用突然改变同对手的距离，使对手不由自主地做出反应。

图4–2–52

1）突然前滑步，这种滑步双脚几乎同时往前跳滑，破坏对手的距离感。(图4–2–52)

图4–2–53

2）突然向后滑步。(图4–2–53)

图4-2-54

3）突然原地换跳步。(图4-2-54)

4）突然前跳步提膝，假装欲用前脚进攻。(图4－2－55)

图4－2－55

图4－2－56

(2）身体假动作：身体假动作是利用四肢或躯干部的虚晃动作来混淆对手的正确判断。

1）前腿向前摆荡、虚引，高度同腰齐平。(图4－2－56)

图4-2-57

2）身子突然向左或向右躲闪。(图4-2-57)

图4-2-58

（3）表情假动作

1）眼神：死死盯住其肋部，诱使对手注意力下移，忽视头部的防守。(图4-2-58)

2）装痛：被踢中心窝虽然疼痛，却假装若无其事，镇定自如，或者假装自己被击中很痛，引诱对手发起进攻。

3）喘气：假装自己体力不支，大口喘气，引诱对手发起猛攻。

4）嘲弄：踢中对手后显出得意，带着嘲弄的表情，激怒对手，使其失去理智，疯狂反扑。

5）故意谨慎：对手攻势凶猛时，故意拉开距离，放慢节奏，做出准备以重击扣打对手的态势，使对手警惕地放慢动作，产生疑惑，而给自己创造一个短暂的喘息时机。

6）粗鲁发火：突然满脸怒气，气势汹汹，欲置对手于死地的表情，恐吓对手，增加其心理压力。

（4）声音假动作

1）跺地：突然用脚掌猛地一跺发出响声。（图4–2–59）

2）吼声：在对峙时用吼声威吓、干扰对手，出腿时以非常响亮地气合声，从气势上压倒对手。

实战中各种假动作往往要配合起来运用，才能变幻莫测。每位拳手都有适合自己的假动作，在实战中还可以不断完善，并随着对手的改变而灵活地变换自己的假动作。

图4–2–59

6.常用战术

武道跆拳道的常用战术有一对四战术、以攻为主战术、以守为主战术、心理战术、拼体力战术、乱打战术和步法战术七种。在实战中，各种战术要灵活穿插运用，才能出奇制胜。

（1）一对四战术：一人面对四个不同级别、不同技战术风格的拳手进行实战训练是很有必要的。因为这些不同级别的陪练均富有比赛经验，每人都有鲜明的个体战术风格。在比赛前的准备阶段,与不同风格的对手进行实战，比如“打头”与“防打头”技术、边角技术等的训练都要设计好最有代表性的模式，以“战术型”的方式进行训练。

（2）以攻为主战术：主动进攻，采取先得分，然后转入防守，以静制动的战术，利用防守反击战术对抗对手，节省体力，保住得分。

（3）以守为主战术：当遇到强大的对手时,多采用谨慎的,以防守反击为主的战术，伺机寻找空当击打得分。

（4）心理战术：用气势压倒对手，利用规则允许的各种手段干扰对手情绪，使对手技战术发挥失常，挫伤对手锐气，以便发挥自己的优势。

（5）体力战术：耐力好的选手要充分发挥其体力与耐力优势，诱导对手不断运动，以消耗对手的体力从而战胜对手。

（6）乱打战术：在得分落后而比赛时间不多的情况下,利用乱打战术，突然乱打猛攻偶然得分。乱打时注意做好防守，在偶遇机会中击打对手，利用这种偶然性得分或取胜。

（7）步法战术：比赛中利用自己步法灵活和动作敏捷的优势，围绕对手进行游击战，引诱对手上当而得分。使用花形步法是为了抢位，一旦找到有利的距离与角度，就要果断进攻。

（三）武道跆拳道初级防身术

1.人体要害部位

人体有许多要害部位，有的部位一击便可以有生命危险；有的部位一击便可以使其生理机能暂时或永久地消失。因此，了解并学会用准确、有力的击打技术去攻击人体要害部位，就能在格斗中迅速将对手制服或置其于死地。同时，自己对这些部位也要严加防范。（图4-3-1）

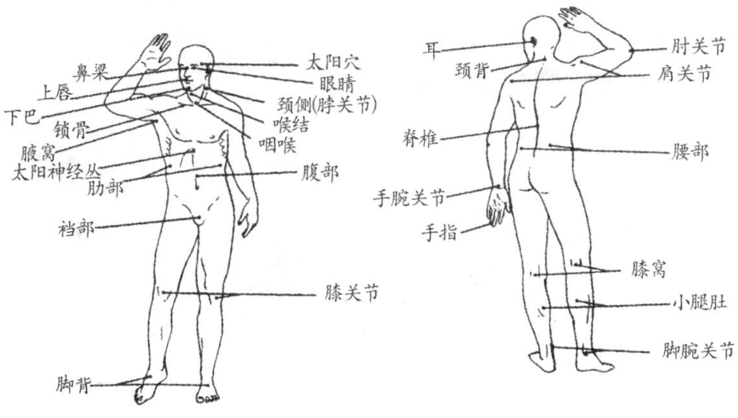

图4-3-1

2.防身常识

(1) 格斗防身时，跆拳道的高位踢法并不实用，要学习防身术的实用知识。

(2) 要敢于主动出招，不要以为防身术就是被动防守反击。

(3) 要充分利用一切可利用的手段，比如随手拿起就便武器，以增加破坏力。不要僵化地认为自己是练跆拳道的，防身时就应该徒手去对付凶器。

（4）用自己的最大力量去攻击对手的要害。

（5）要善于借助对手的移动来增加自己的力量，借力打敌。

（6）在熟练基本动作的基础上，提高速度与力度。

（7）在失去平衡倒地时，要争取回到能主动控制对手的优势姿势。假如被对手骑坐在身上，要冷静地寻机破解，不要胡乱挣扎。

（8）格斗是万不得已的事，要防患于未然。

3.格斗技术

在万不得已必须面对歹徒进行搏斗时，正确地掌握和运用格斗技术，可以使自己安全地摆脱歹徒不同手段的袭击，出奇制胜地制服对手。格斗技术分为徒手格斗术和对付凶器格斗术。

（1）徒手格斗术

1）破卡喉：敌方企图卡住我方喉咙部时，我方抬起右臂弧形向敌方右臂下砸，充分借助身体向左转体的力量，在敌方脱开双手后，用右手刀向右回身，反击其太阳穴。(图4–3–2)

图4–3–2

2）破正面抱腰：敌方欲从正面抱腰时，我方左手主动搂住其后腰，使之形成一个固定支点，右手向上以掌根推击敌方下巴。(图4–3–3)

图4–3–3

图4-3-4

3）破后面抱腰：敌方欲从后面抱腰时，我方右脚朝其脚尖猛踏一脚，双手曲肘平抬，同时以右肘后击敌方胸肋部。(图4-3-4)

图4—3—5

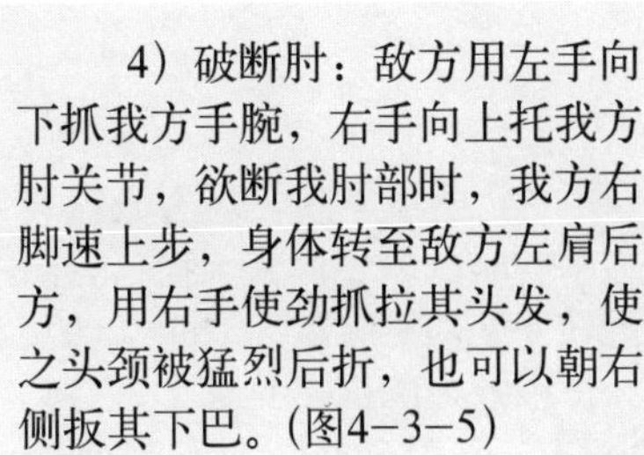

4）破断肘：敌方用左手向下抓我方手腕，右手向上托我方肘关节，欲断我肘部时，我方右脚速上步，身体转至敌方左肩后方，用右手使劲抓拉其头发，使之头颈被猛烈后折，也可以朝右侧扳其下巴。（图4—3—5）

图4-3-6

5）破抓手腕：敌方欲抓我方手腕时，我方向其大拇指方向翻转手腕即可破解。(图4-3-6)

最致命的擒拿莫过于锁喉、抓裆。

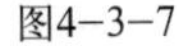

图4-3-7

6）对付肘技：敌方用肘技进攻时，我方要后仰或后滑步避让，但在被压迫到墙角无路可走时，我方必须出掌截击其动作于中途，使之不能充分产生破坏力。（图4-3-7）

7）对付膝技：敌方用正顶膝进攻时，我方一要用双手从正面推击敌方髋部；二要用肘尖对其大腿内侧肌肉作横向扫击。敌方用侧顶膝进攻时，我方要向边上滑步。(图4－3－8～10)

图4－3－8

图4－3－9

图4－3－10

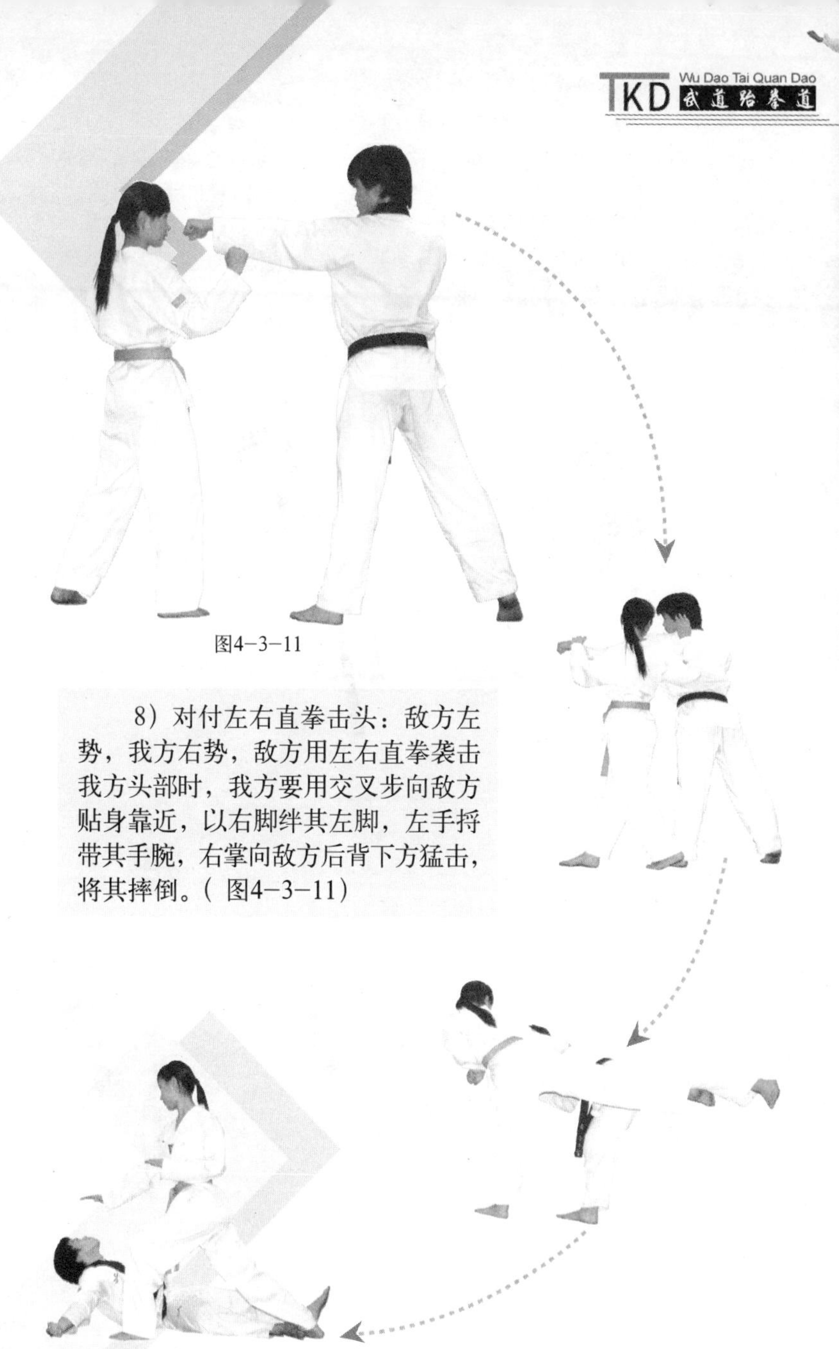

图4-3-11

8）对付左右直拳击头：敌方左势，我方右势，敌方用左右直拳袭击我方头部时，我方要用交叉步向敌方贴身靠近，以右脚绊其左脚，左手捋带其手腕，右掌向敌方后背下方猛击，将其摔倒。（图4-3-11）

9）对付横踢——黑虎提：敌方左势，我方右势，敌方以右横踢袭击我方腰部时，我方要先以后滑步，右拳下插于自己裆前，拳心向外，前臂擦过性格挡来腿，随即再以向敌方身体中线踏进右脚，右手五指合拢成勾手，整条手臂放松地向前甩打，以勾手突出的骨棱击打敌方裆部。(图4-3-12)

图4-3-12

(2) 对付凶器格斗术

1）破匕首直刺腹部：敌方右手持匕首直线刺向我腹部时，我方要用后跳滑步以消解来势，同时用右手在下，左手在上的手腕十字交叉，用力下叉其手腕，迅速翻腕抓其手腕，使其手心继续外转，匕首刀锋朝外，我方左转身体，双手别转，将敌方摔倒在地，抓住其手不放，用右脚跺其脸。(图4－3－13)

图4－3－13

2）受伤后反败为胜：与持刀歹徒相峙，一般容易被其所伤。但是，就算被刀划伤流了血，并不意味着失败，还不能退出格斗。同时记住，宁可让敌方割破手臂也不能让其刺伤喉咙或捅进腹部。

手持凶器的歹徒一般不会再用脚去踢人，主要会依赖凶器来取胜。所以，要掌握敌方常见的出刀规律，先对付持刀的手，形成对凶器的“臂交叉”；一旦歹徒的头部、裆部、下肢露出破绽时要果断攻击，破坏其平衡，迅速夺其刀，反败为胜。

经过反复模拟训练，即能熟练掌握如何击败手持凶器歹徒的格斗术。

4.实用防身自卫绝招

（1）七截

1）截手：敌方先出手，刚一动，我方就迎击截之。(图4-3-14)

图4-3-14

2）截身：敌方身体刚要移动，我方就迎击截之。(图4—3—15)

图4—3—15

3）截隙：在敌方两次攻击动作之间产生间隙时，我方即截之。(图4—3—16)

图4—3—16

4）截途：在敌方出招至半途，即将击打我方前，我方即截之。(图4-3-17)

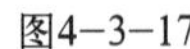

图4-3-17

5）截言：在敌方口中嚷着要击打我方时，我方即截之。(图4-3-18)

图4-3-18

6）截面：在敌方面露杀气，要攻击我方时，我方即截之。(图4-3-19)

图4-3-19

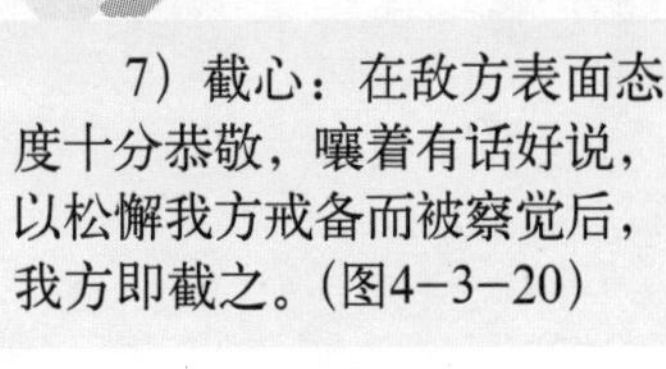

7）截心：在敌方表面态度十分恭敬，嚷着有话好说，以松懈我方戒备而被察觉后，我方即截之。(图4-3-20)

图4-3-20

图4-3-21

（2）硬打硬进无遮拦： 以我为主，以攻为主，以快为主。敌方阻挡我打，敌方格挡我也打，始终抓住主动权。在具备一击必杀的实力后，出手就不必犹豫，要先发制人，不做任何假动作佯攻，直取要害，一招制敌。(图4-3-21)

图4-3-22

（3）后发制人：敌方出招击打，在旧力已尽，新力未生之际，我方反击之。在实战中可以采取防守反击为主的战术。（图4-3-22）

（4）变中求胜：在实战中要善于利用和制造各种变化来制胜。

1）要善于利用敌方运动的惯性，来增加自己攻击敌方的力量。（图4-3-23）

图4-3-23

图4-3-24

2）攻击敌方使其失去平衡，同时要保持自己的平衡。（图4-3-24）

3）用最大的力量攻击敌方的最弱点。(图4－3－25)

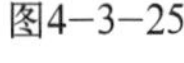

图4－3－25

图4－3－26

4）要利用一切可以利用的手段克敌制胜。

利用坚硬的关节部位：武道跆拳道中有“全身各关节部位皆武器”之说，跆拳道的“拳”不是只用拳击打，而是把头、手、肘、肩、胯、膝、足称之为“七拳”，这些部位都可以用来打击敌人。甚至是身边的提包、钥匙(夹在指缝里拳击)、椅子、短棍等，都可以增加杀伤力。(图4－3－26)

重点练几招：要按照自己的特点，有针对性地重点练几招。比如，女子防身术教学中，练习站立姿势下的擒拿与反擒拿，练习如何逃跑与被歹徒骑在身上时怎样用膝盖顶翻敌方，或者用手指抠挖敌方眼睛的动作。以及倒地后，如何继续搏斗并制服敌方的招数。(图4-3-27)

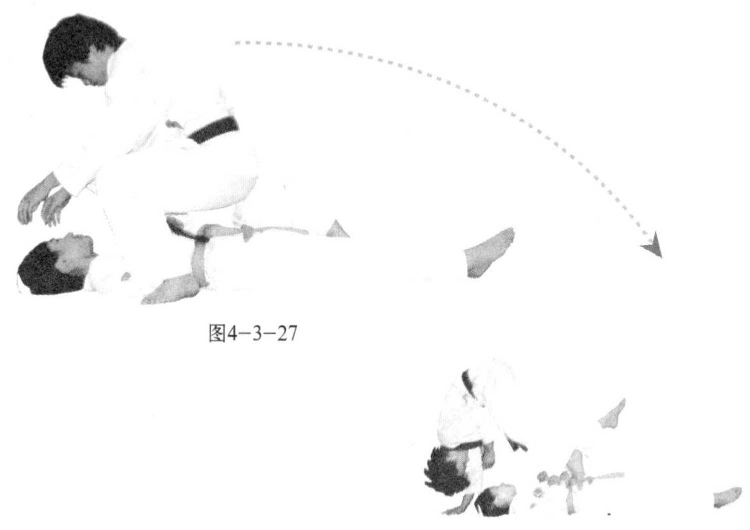

图4-3-27

在掌握基本动作后，要到草坪、山坡、马路边、楼梯通道等环境模拟真实格斗，学会不脱离实际的、有效的防身术。

(5) 掌握与运用节奏：在实战中，根据敌方的动作速度迅速调整好自己的动作速度，此称之为“节奏” 。节奏，也可以看作是连续攻防动作的快慢、长短及缓急程度。如果总保持一种格斗节奏，很容易被对方把握住规律而突破防线。所以还要善于调整和变换节奏。

常用的改变节奏的方法，是在攻击的半途突然停止动作，诱使对方改变防御方向，然后再突然继续原先的动作，这种“半次攻击”的攻击法常可使对方失去平衡。

五 扬其美——艺术表演

Yang qi mei　　Yi shu biao yan

（一）跆拳道品势精选

1.太极一章

太极一章的演练路线呈“王”字形状。(图5–1–1)

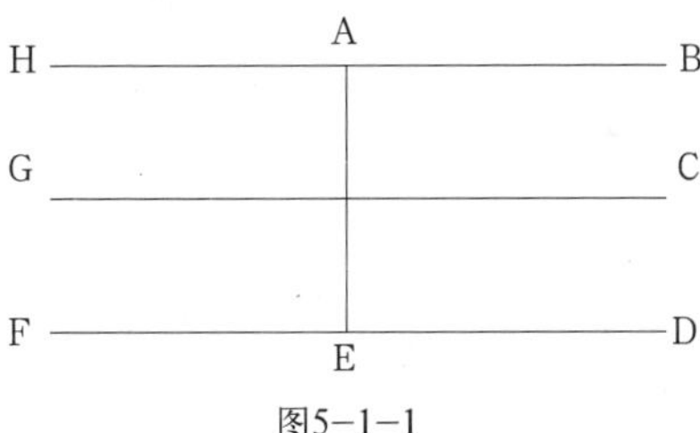

图5–1–1

准备姿势。(图5–1–2)

图5–1–2

图5–1–3

动作一：站于A点，身体向左转，左脚转向演练线上的B方向(以下简称B)，呈左前行步，左手外腕格挡防左下段。(图5–1–3)

动作二：右脚向前上步成右前行步，右冲拳击中段。(图5–1–4)

图5–1–4

图5–1–5

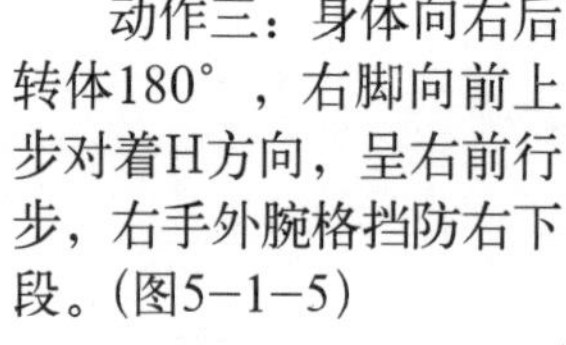

动作三：身体向右后转体180°，右脚向前上步对着H方向，呈右前行步，右手外腕格挡防右下段。(图5–1–5)

图5–1–6

动作四：左脚向前上步，呈左前行步，左冲拳击中段。(图5–1–6)

动作五：身体向左转，左脚向E方向上步呈左弓步，左手外腕向下格挡防左下段。(图5−1−7)

图5−1−7

动作六：身体姿势保持不变，右冲拳击中段。注意，不能过分送肩，上体正直，右脚脚跟不能抬起。(图5−1−8)

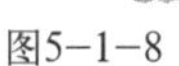

图5−1−8

动作七：左脚不动，右脚移向G方向呈右前行步，左手里腕格挡防左中段。(图5−1−9)

图5−1−9

动作八：左脚向G方向上步呈左前行步，右冲拳击中段。(图5–1–10)

图5–1–10

图5–1–11

动作九：以左脚跟为轴，身体向C方向转180°，呈左前行步，右手里腕格挡防右中段。(图5–1–11)

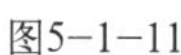

动作十：右脚向前上步呈右前行步，左冲拳击中段。(图5–1–12)

图5–1–12

图5-1-13

动作十一：以左脚跟为轴身体右转，右脚移向E方向呈右弓步，右手外腕格挡防右下段。(图5-1-13)

动作十二：身体姿势不变,左冲拳击中段。(图5-1-14)

图5-1-14

图5-1-15

动作十三；左脚移向D方向呈左前行步，左前臂上挡防左上段。(图5-1-15)

动作十四：右脚前踢；收回右小腿，右脚落下，呈右前行步，右冲拳击中段。(图5-1-16～17)

图5-1-16

图5-1-17

图5-1-18

动作十五：以左脚跟为轴，身体向右转180°，右脚移向F方向，呈右前行步，右手外腕上挡防右上段。(图5-1-18)

动作十六：左脚前踢；收回左小腿，左脚落下，呈左前行步，左冲拳击中段。(图5-1-19～20)

图5-1-19

图5-1-20

动作十七：以右脚跟为轴，身体向右转90°，面向A方向，呈左弓步，左手外腕格挡防左下段。(图5-1-21)

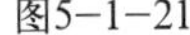
图5-1-21

图5-1-21的侧面。(图5-1-22)

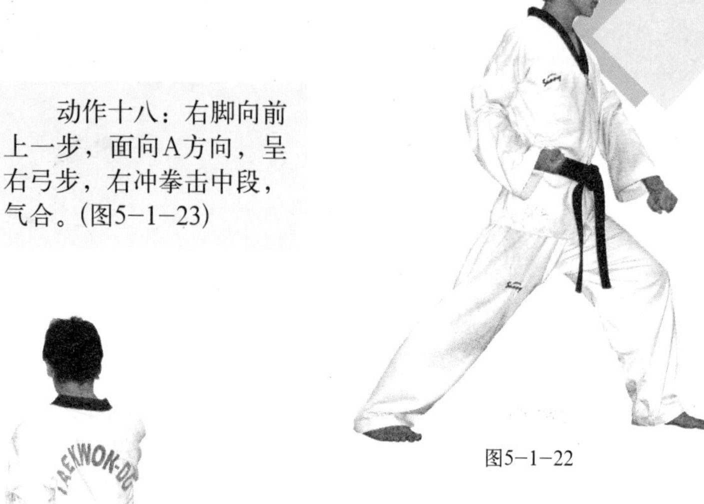
图5-1-22

动作十八：右脚向前上一步，面向A方向，呈右弓步，右冲拳击中段，气合。(图5-1-23)

图5-1-23

图5-1-23的侧面。(图5-1-24)

图5-1-24

图5-1-25

收势：以右脚为轴，身体左后转，左脚后撤与右脚平行，呈开立步，恢复成准备姿势，站于起点。(图5-1-25)

2.金刚

金刚的演练路线呈倒“山”字形。(图5-1-26)

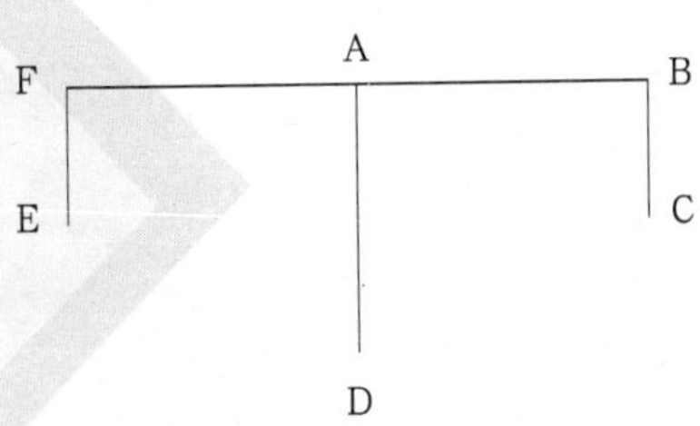

图5-1-26

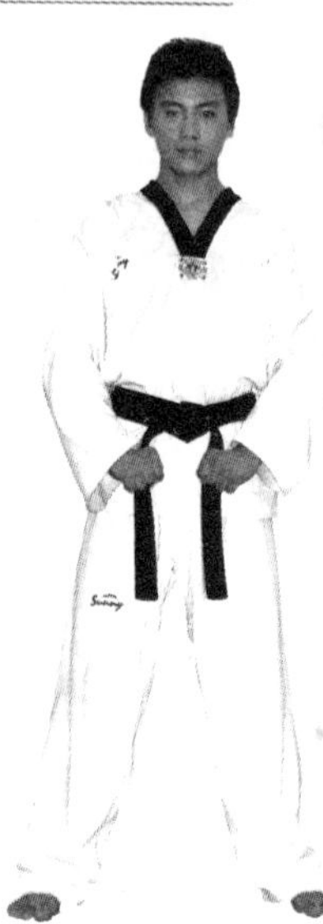

准备姿势。(图5-1-27)

图5-1-27

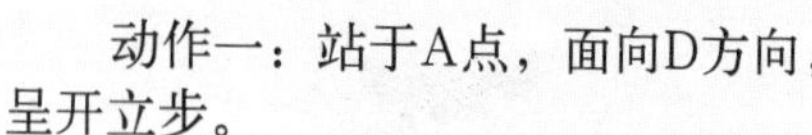

动作一：站于A点，面向D方向，呈开立步。

动作二：左脚向前上步成左弓步，同时双前臂向外分挡。(图5-1-28)

图5-1-28

图5-1-29

动作三：右脚向前上步成右弓步，同时右掌根攻击下颌。(图5-1-29)

图5-1-30

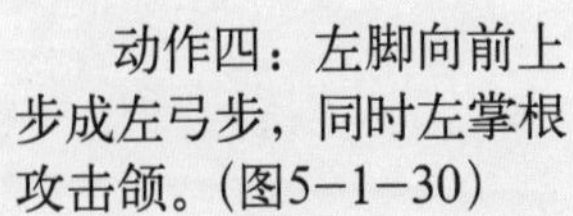

动作四：左脚向前上步成左弓步，同时左掌根攻击颌。(图5-1-30)

图5-1-31

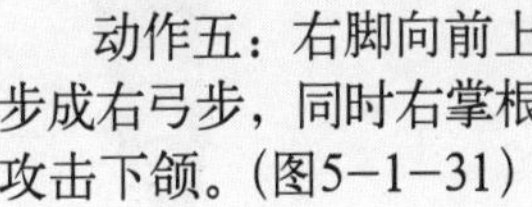

动作五：右脚向前上步成右弓步，同时右掌根攻击下颌。(图5-1-31)

图5-1-32

动作六：右脚向后退成三七步，同时左手刀格挡。(图5-1-32)

动作七：左脚向后退成三七步，同时右手刀格挡。（图5－1－33）

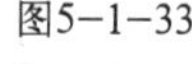

图5－1－33

动作八：右脚向后退成三七步，同时左手刀格挡。（图5－1－34）

图5－1－34

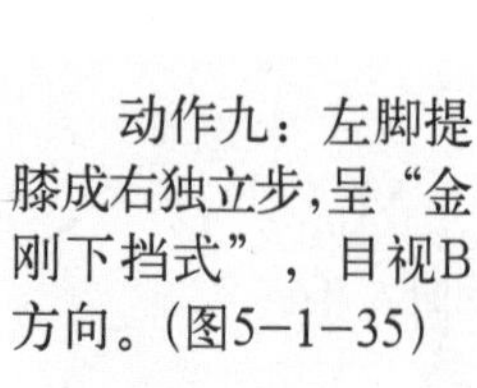

动作九：左脚提膝成右独立步，呈“金刚下挡式”，目视B方向。（图5－1－35）

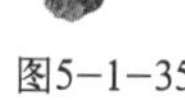

图5－1－35

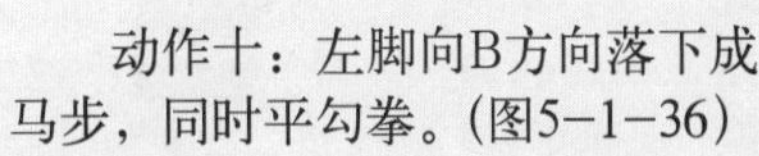

动作十：左脚向B方向落下成马步，同时平勾拳。(图5-1-36)

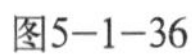

图5-1-36

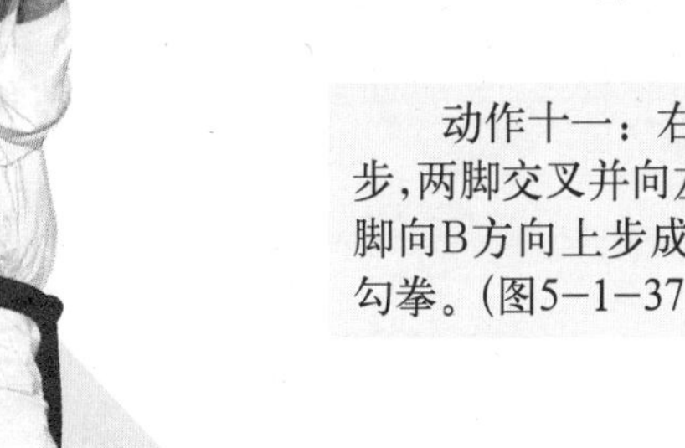

图5-1-37

动作十一：右脚从左脚前上步,两脚交叉并向左转体360°,左脚向B方向上步成马步，同时平勾拳。(图5-1-37)

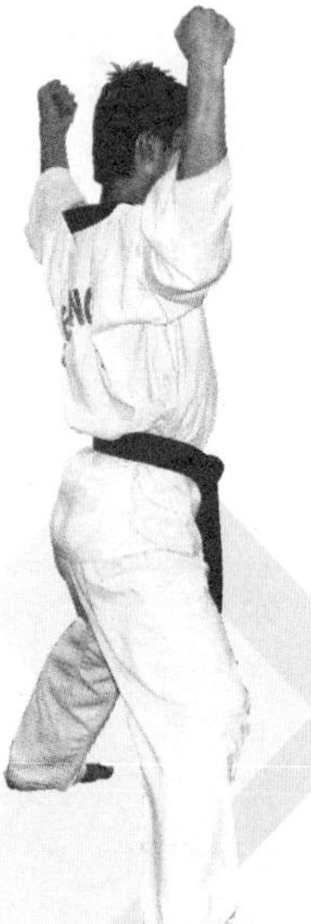

动作十二：右腿提膝向A方向震脚成面向B方向的马步，同时呈“山形”架挡；气合。(图5-1-38)

图5-1-38

动作十三：左脚向C方向上步成面向A方向的马步，同时里腕向外分挡。(图5-1-39)

图5-1-39

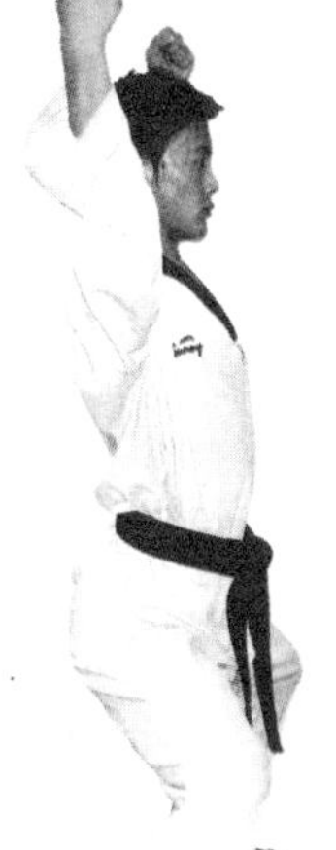

动作十四：收左脚成开立步，同时慢速向下分挡(五秒左右)。(图5-1-40)

图5-1-40

动作十五：左脚提膝向A方向震脚成面向B方向的马步，同时呈“山形”架挡；气合。(图5-1-41)

图5-1-41

动作十六：以左脚为轴向右转身，提右膝成面向D方向的左独立步，呈“金刚下挡式”。(图5－1－42)

图5－1－42

图5－1－43

动作十七：右脚向F方向落下成马步，同时平勾拳。(图5－1－43)

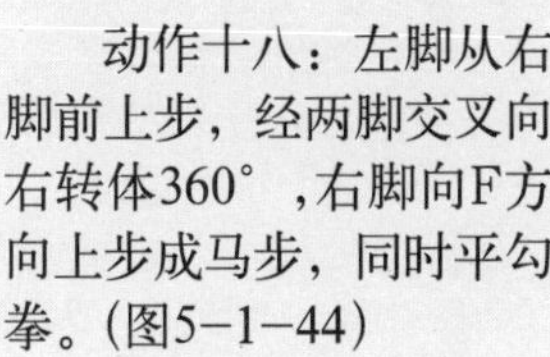

动作十八：左脚从右脚前上步，经两脚交叉向右转体360°，右脚向F方向上步成马步，同时平勾拳。(图5－1－44)

图5－1－44

动作十九：提右膝成左独立步，呈“金刚下挡式”。(图5-1-45)

图5-1-45

图5-1-46

动作二十：右脚向F方向落下成马步，同时平勾拳。(图5-1-46)

图5-1-47

动作二十一：左脚从右脚前上步，经两脚交叉向右转体360°右脚向F方向上步成马步,同时平勾拳。(图5-1-47)

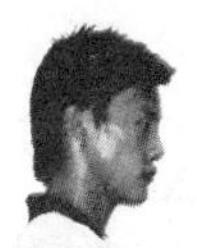

动作二十二：左脚向E方向震脚成面向F方向的马步，同时呈“山形”架挡。（图5-1-48）

图5-1-48

动作二十三：右脚向E方向震脚成面向B方向的马步，同时里腕向外分挡。（图5-1-49）

图5-1-49

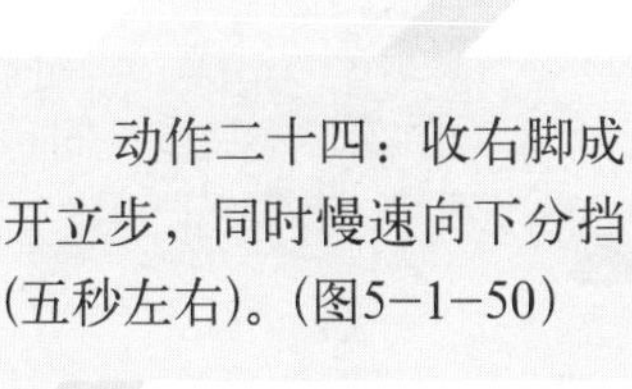

动作二十四：收右脚成开立步，同时慢速向下分挡(五秒左右)。(图5-1-50)

图5-1-50

动作二十五：右腿提膝向A方向震脚成面向F方向的马步，同时呈“山形”架挡；气合。(图5−1−51)

图5−1−51

动作二十六：以右脚为轴向左转身,提左膝成面向E方向的右独立步,呈“金刚下挡式”。(图5−1−52)

图5−1−52

动作二十七：左脚向C方向落下成马步，同时平勾拳。(图5−1−53)

图5−1−53

动作二十八：右脚从左脚前上步，经两脚交叉向左转体360°，左脚向B方向上步成马步，同时平勾拳。(图5−1−54)

图5−1−54

图5−1−55

收势：收回左脚，呈开立步，恢复成准备姿势。(图5−1−55)

（二）特技、击破与跆拳舞、短棍操

1.特技

（1）腾空上踢

动作说明：助手平端木板，手腕、肘、肩形成水平面，站在高处；表演者从3～4米外气合、准备势，助跑至木板前腾空前上踢。（图5–2–1）

图5–2–1

（2）逾越障碍腾空侧踢

动作说明：助手手中竖持木板，站在高处；表演者从4米外助跑，腾空越过障碍（障碍可以是弯腰排列的助手，也可以是假设障碍），空中飘行一小段距离后，以侧踢击碎前面的木板。（图5–2–2）

图5-2-2

（3）腾空三飞脚

动作说明：甲、乙、丙三位助手各竖持一块木板，侧身对着观众，助手甲、乙相向弓步而立，相距半步，助手丙同甲平行站立，相距一步，第一块木板同第三块木板平行，三块木板高度相同，与腰齐平，第二块木板位于第一、第三块木板的三分之一距离；表演者面对观众，距第一块木板正面4米外气合、准备势、助跑、腾空，依次踢碎三块木板。(图5-2-3)

图5-2-3

2.击破

武道跆拳道的威力表演，通常是用自己的手刀、拳面、脚掌三个部位击破硬物，进行破砖、破瓦、破板表演。

（1）手刀击破

动作说明：

预备式。(图5–2–4)

图5–2–4

动作一：左脚向前轻轻推出，身体重心突然下蹲成左虚步，左手刀掌心向右，高与眼平，右手刀掌心向上，置于胸口，大声气合；先做缓缓运气状，把右手刀收至右耳后，掌心斜向外，瞄准瓦片或砖块中间部位，以估计瓦片或砖块受力点，缓缓收回右手刀至右耳边。（图5–2–5）

图5–2–5

动作二：猛地右膝下屈，身体重心突然下降，右手刀向下以爆发力砍击瓦片或砖块中间部位。(图5-2-6)

图5-2-6

（2）拳面击破

动作说明：两助手并列弓步站立，双手上下紧紧抓握2～10块重叠在一起的木板；表演者气合、准备势，前滑步右直拳击打木板中间部位。(图5-2-7)

图5-2-7

（3）肘尖击破

动作说明：两助手并列弓步站立，双手上下紧紧抓握10块重叠在一起的木板；表演者面对木板左势站立，以右横肘击打木板中间部位。(图5–2–8)

图5–2–8

（4）脚刀击破

动作说明：两助手并列弓步站立，双手上下紧紧抓握10块重叠在一起的木板；表演者面对木板左势站立，以右侧踢的脚刀部击打木板中间部位。(图5–2–9)

图5-2-9

（5）脚跟击破

动作说明：两助手并列弓步站立，双手上下紧紧抓握10块重叠在一起的木板；表演者面对木板左势站立，以右后踢的脚跟部击打木板中间部位。(图5-2-10)

图5-2-10

3.跆拳舞

结合格斗动作的舞蹈又称跆拳舞，即“武舞”，对内劲进行了定向训练，能锻炼技击所需的各种主要的发力方法与身法，同时颇具娱乐身心之功能。

跆拳舞最简单的编排方法是结合背景音乐如迪斯科音乐等，从品势之间选择部分动作，结合迪斯科动作进行表演，还可以在演示组合踢法的间隙，结合进健美操与街舞动作，其节拍有2拍、3拍、4拍，具有明显的节奏变化。

（1）盘腿坐地，双手合于丹田。(图5−2−11)

图5−2−11

（2）双手外展，起立。（图5−2−12）

图5−2−12

（3）左转，双手刀砍击2次，双手掌前推2次，右转，重复一遍以上动作。（图5－2－13）

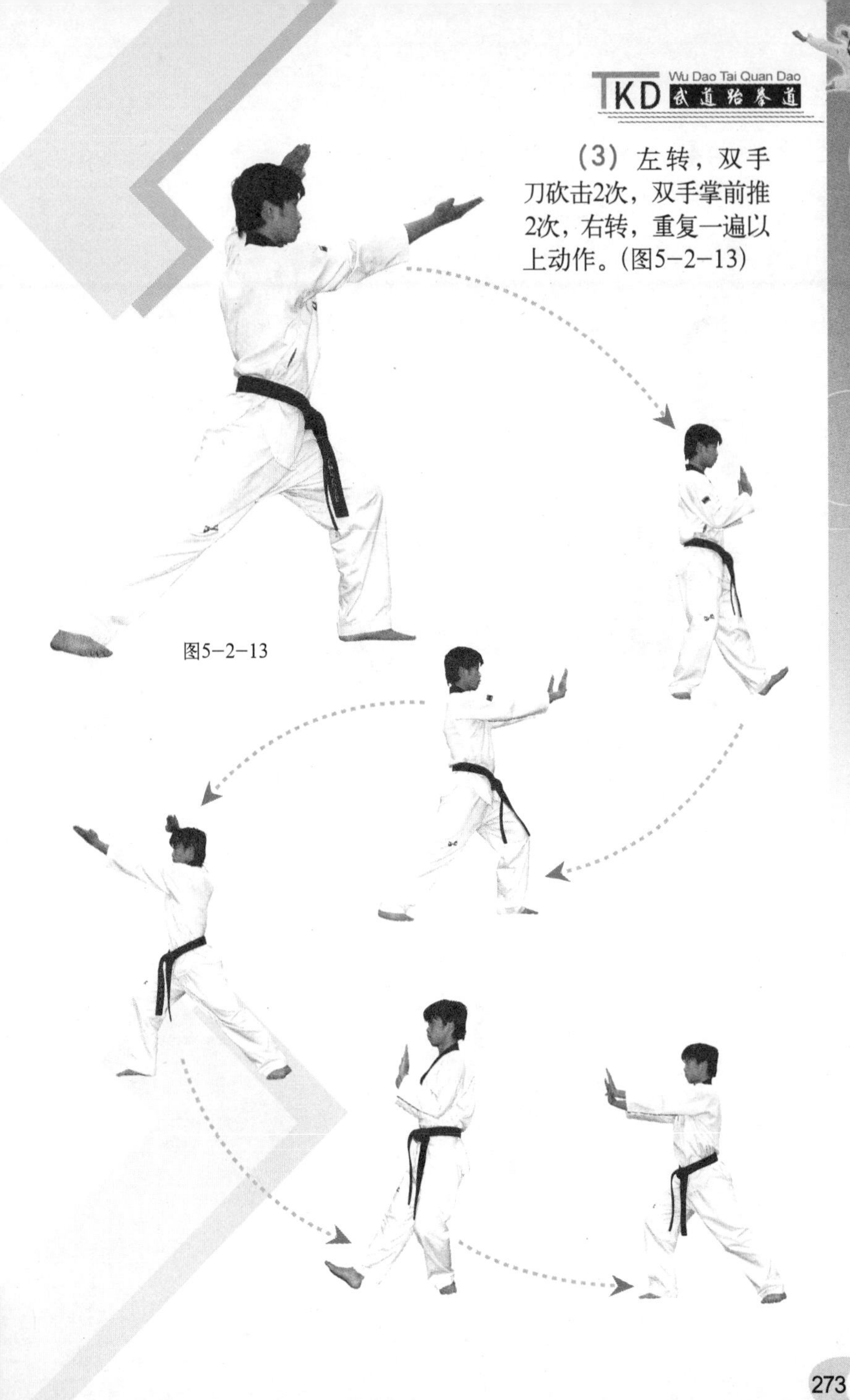

图5－2－13

（4）左侧踢低中高度2次，右侧踢低中高度2次。(图5-2-14)

图5-2-14

(5) 开立步左曲臂、右曲臂。(图5-2-15)

图5-2-15

(6) 身体侧转，左虚步上举双手刀，下砍双手刀。（图5-2-16）

图5-2-16

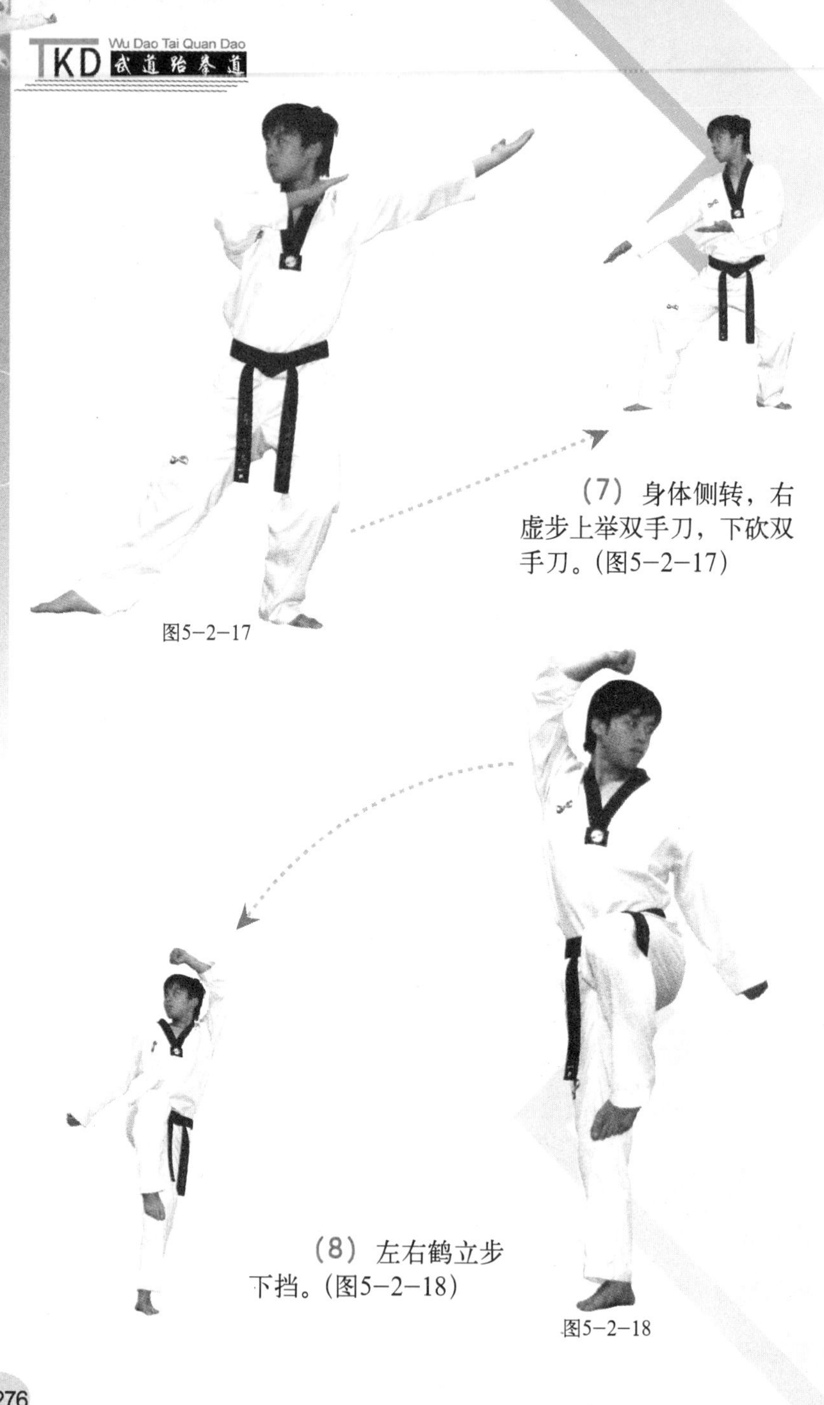

（7）身体侧转，右虚步上举双手刀，下砍双手刀。(图5–2–17)

图5–2–17

（8）左右鹤立步下挡。(图5–2–18)

图5–2–18

（9）马步左下挡右外挡，身体左转，左弓步左冲拳、右冲拳(也可原地马步冲拳)。(图5—2—19)

图5—2—19

（10）马步右下挡左外挡，身体右转，右弓步右冲拳、左冲拳(也可原地马步冲拳)。(图5-2-20)

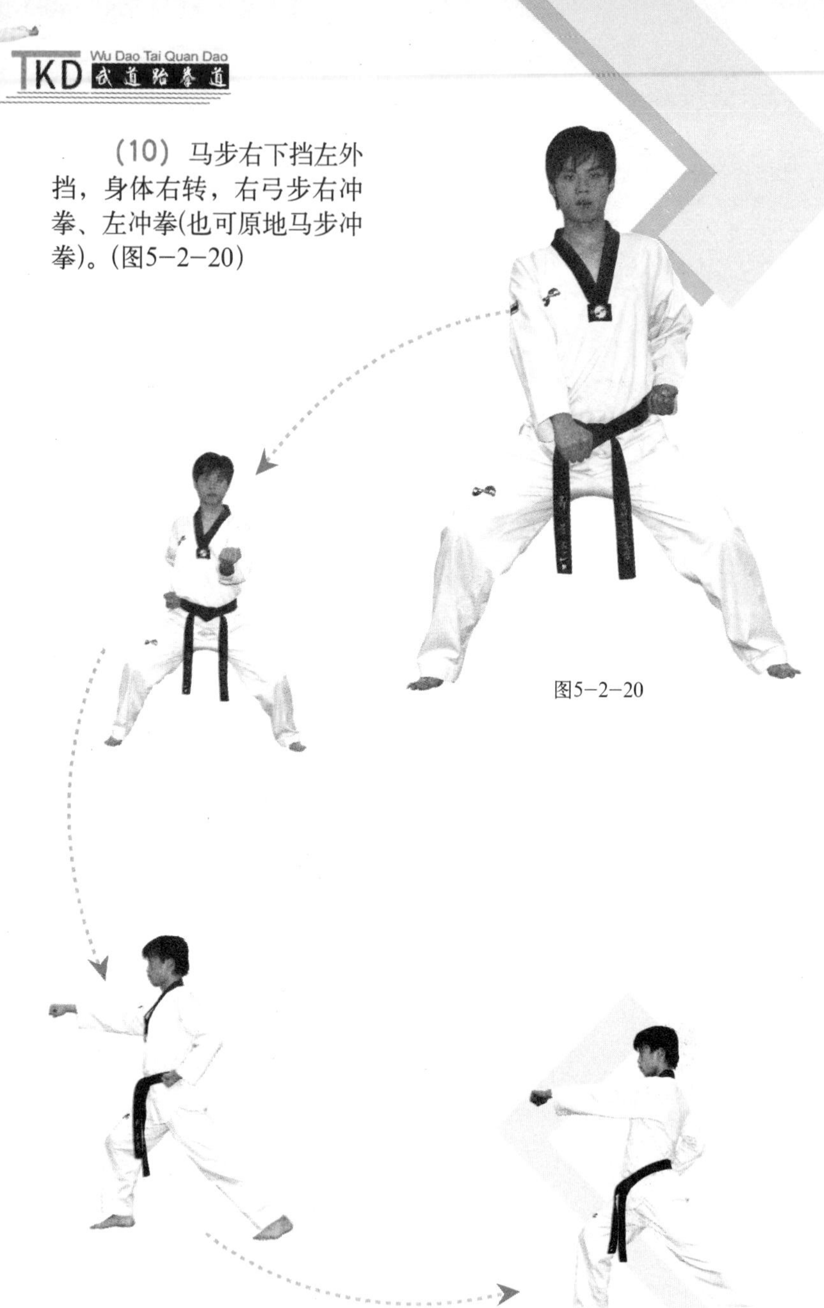

图5-2-20

（11）左转交叉步双手刀下砍，右转交叉步双手刀下砍，静止3秒。（图5-2-21）

图5-2-21

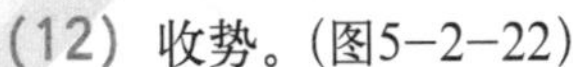

（12）收势。（图5-2-22）

图5-2-22

3.短棍操

短棍操的所有动作姿势均取自跆拳道品势，结合中国武术中的单刀、棍的技法创编而成，具有相当的实用价值。在日常生活中需要进行正当防卫时，随手拿起身边的短棍、雨伞、树枝就可以进行十分有效的防身自卫。

（1）起势。（图5–2–23）

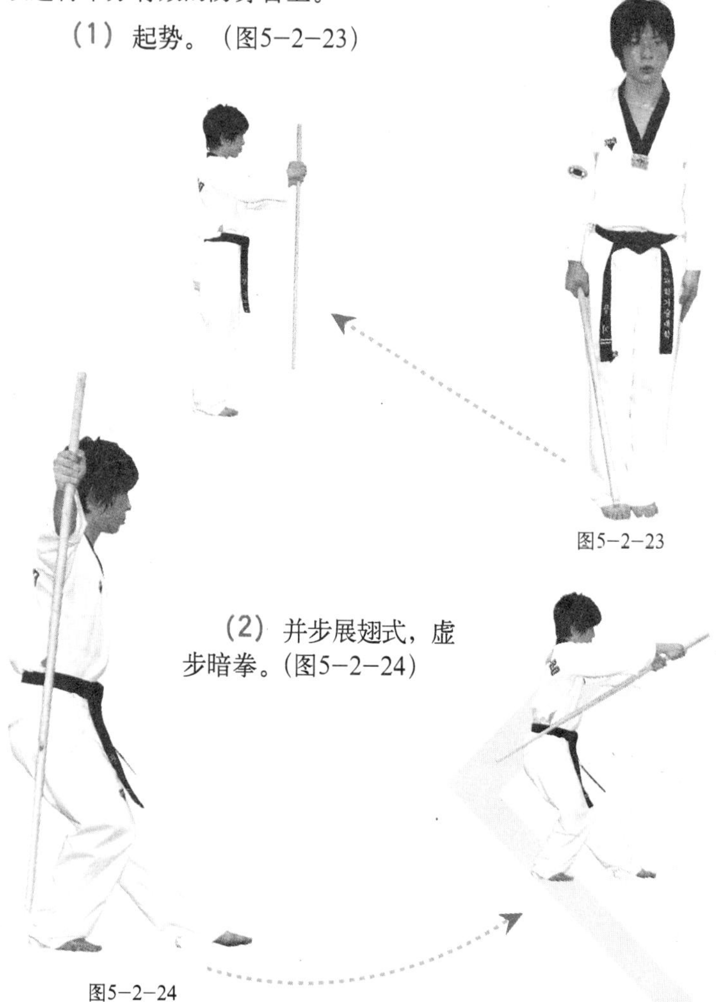

图5–2–23

（2）并步展翅式，虚步暗拳。（图5–2–24）

图5–2–24

（3）虚步外挡。(图5−2−25)

图5−2−25

（4）弓步直刺。(图5−2−26)

图5−2−26

（5）上步架挡。(图5−2−27)

（6）弓步斜劈。(图5−2−28)

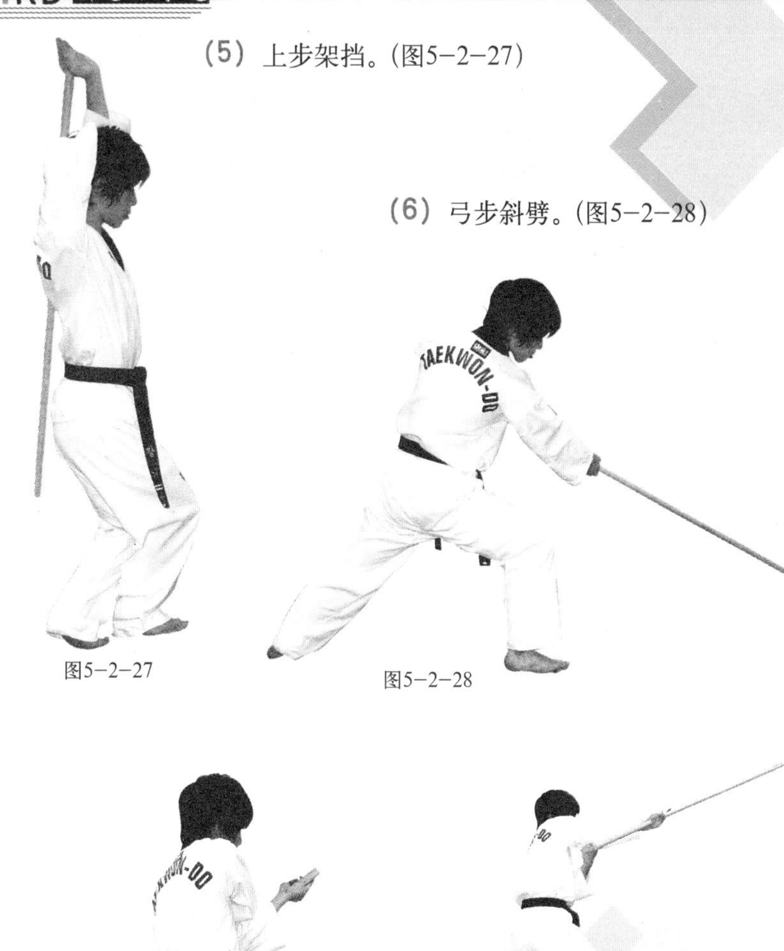

图5−2−27

图5−2−28

（7）弓步上撩。(图5−2−29)

图5−2−29

（8）虚步镰式前后戳。（图5-2-30）

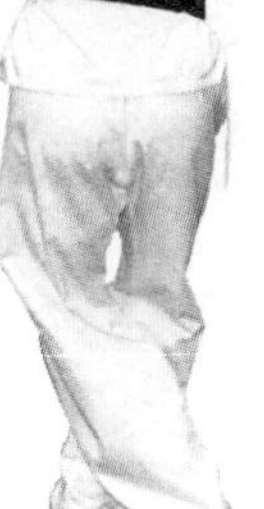

图5-2-30

（9）金刚独立步格挡。（图5-2-31）

图5-2-31

（10）马步横扫棍，上步加转身上步，马步横扫接绞丝棍，划一圆圈。(图5–2–32)

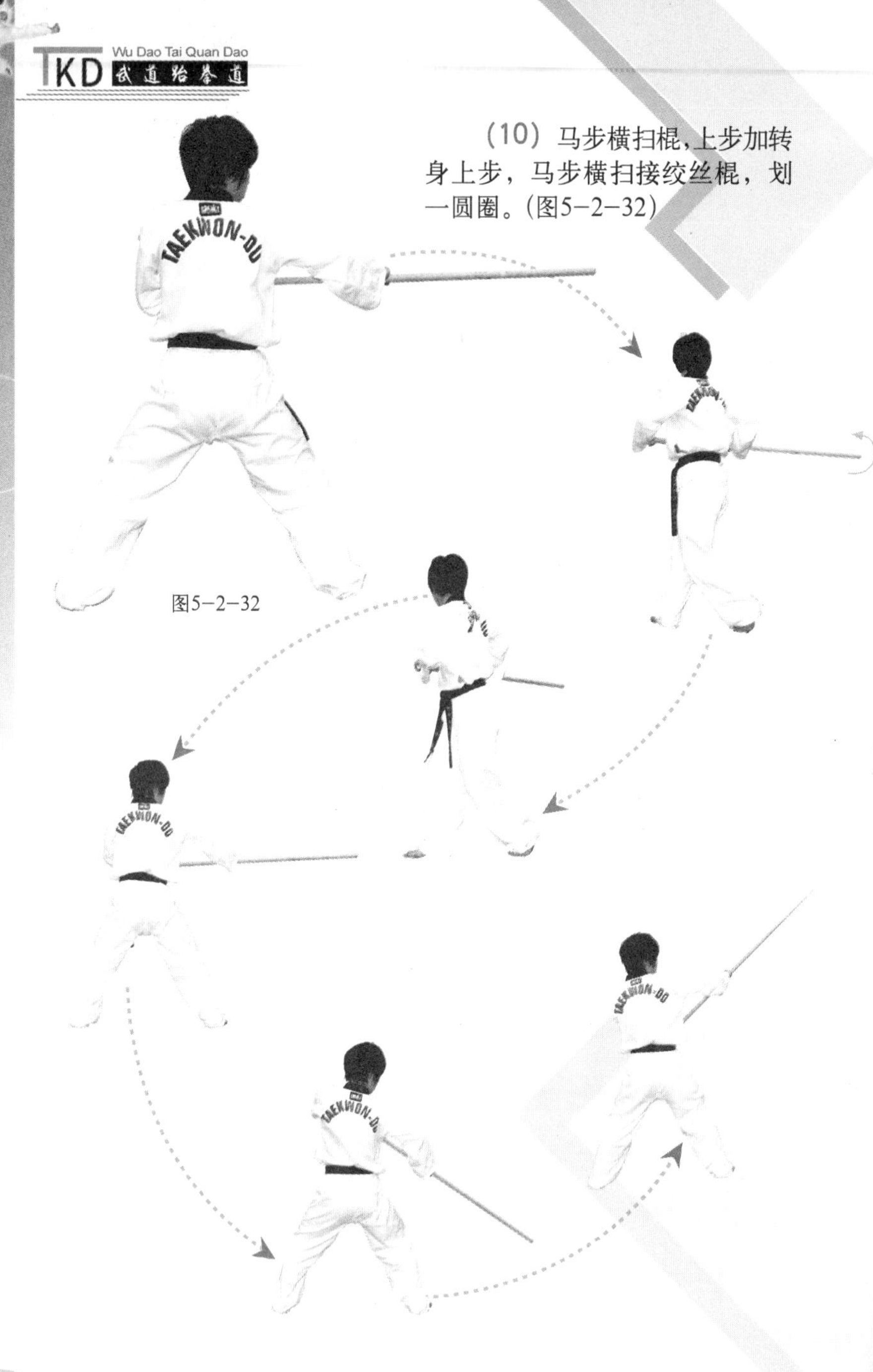

图5–2–32

（11）马步推掌，劈棍，侧踢。(图5-2-33)

图5-2-33

（12）独立步前戳。(图5-2-34)

图5-2-34

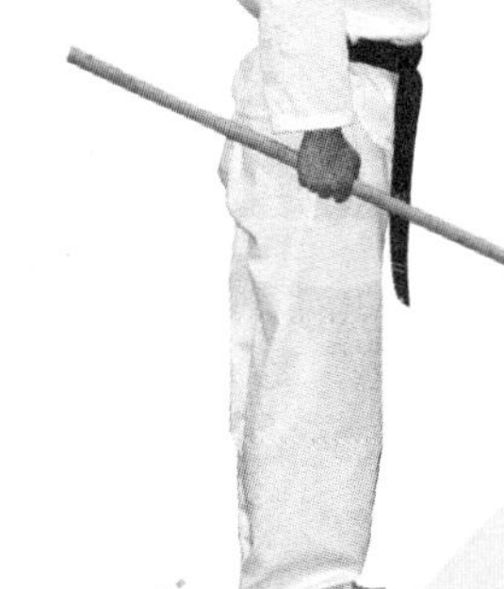

图5-2-35

（13）并步站立，右转，收势。(图5-2-35)

作品登记证

作品名称：武道跆拳道

作品类型：文字作品

作　　者：王双忠

著作权人：王双忠

作品完成日期：2005年11月01日

作品登记日期：2005年12月28日

根据国家版权局制定的《作品自愿登记试行办法》，我局对上述作品予以登记，作品登记号为：

作登字：09-2005-A-194号

特此发证。

后　记

在本书编写过程中，作者得到了武术界、跆拳道界许多领导、老师和友人的支持。他们是上海市跆拳道协会副主席孙剑群、秘书长张志明、荣誉委员苏联睦、徐明山；跆拳道界专家与高手张星东（韩）、金基洞（韩）、方奇应、李天植、刘伟军、孙茂君、丁浩、于贺、王卓、王军、张旭华、沈伟、张来、王丽莉、何俊；还有中国拳击协会副主席张立德，沧州八极拳传人丁文江，全国武术名家丁金友、袁忠文、贾泽、蔡文骏、闵庆富、高东清、贾肇宝、汪锡顺、郭永华、李天华、邵光璞、夏晓川、严国兴、杨一强、熊宇鸣、陈守孚、宋长和，中国MMA发起人之一易平、王志鹏等人，在此深表谢意。

本人曾经参加过多届全国跆拳道教练员与裁判员培训班，有幸得到郭仲恭、常建平、赵磊、陈立人、曹涛、侯泰等各位老师的指导与培养，终身受益，在此深表谢意。

特别感谢中国武术名师的支持，他们是河北沧州孟村八极拳大师吴连枝及其高徒常玉刚、山西形意拳高手李鑫，北京意拳名家姚承光等人。本书还参考了赵道新等名家的理论著作，他们的理论为本书的编写及武道跆拳道内劲理论的完善起了重要作用。

特别感谢福建科学技术出版社的厚爱，使本人多部著作得以出版。

对为本书拍摄作示范表演的刘克坚、李颜宏、杨宏昌、朱小东、胡秉毅、张琦、王伟、魏凯丽、江慧媛、刘闻伦、朱利炯等表示由衷的感谢。

王双忠

2006年4月